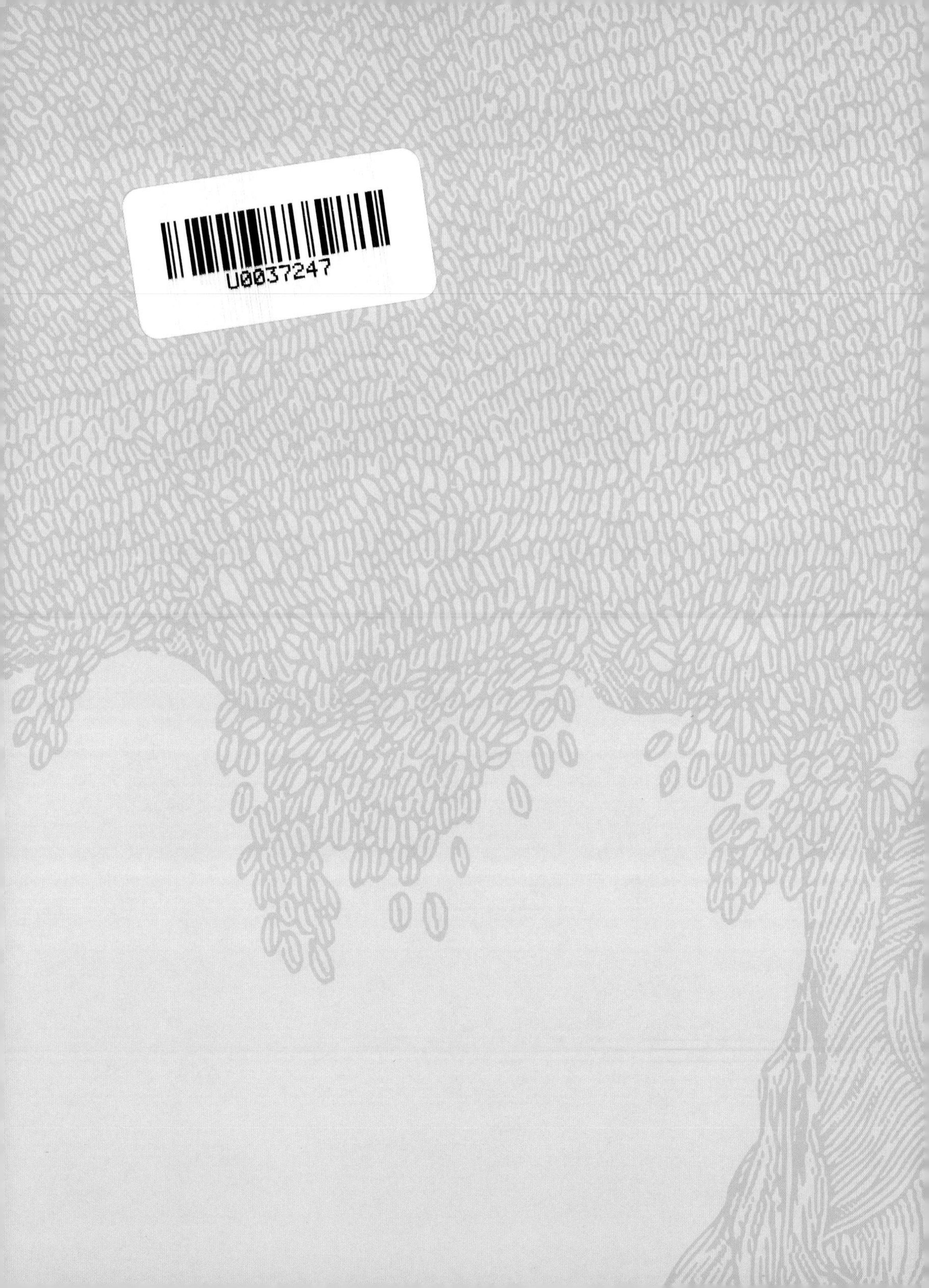

春天，賞櫻，喝紅茶，讓粉紅花瓣飄進杯裡，象徵一年幸運的開始。
夏天，野尻湖畔盛開著水仙花與紫羅蘭，色染湖水，草地宛如鋪上五彩的花毯。
秋天，誠心歡迎愛吃玉米與橡樹果的三隻黑熊大駕光臨，是尼可的最大驕傲。
冬天，做好產自森林的野莓果漿，在紛飛的雪花中，迎接聖誕節的來臨。

森林の四季散步

Life in the Wood

C.W. 尼可 *C.W. Nicol* ——著
呂婉君——譯

森林裡的每一件小事，都蘊藏著大自然的溫柔心意。
自然生態保育專家尼可，將帶您瀏覽黑姬山的四季，閒話山居歲月，
傾聽這兒的花、樹、鳥、獸們對地球、對天地的真心話，
讓人類理解它們存在的重要性。

國家圖書館出版品預行編目（CIP）資料

森林的四季散步 / C. W. 尼可（C. W. Nicol）著；呂婉君譯. -- 再版. -- 臺北市：信實文化行銷, 2015.03
面；　公分. -- (What's nature)

ISBN 978-986-5767-57-0（平裝）

873.6　　　　104002356

What's Nature

森林的四季散步（Life in the Wood）

作者　C. W. 尼可（Clive Williams Nicol）
譯者　呂婉君
插圖　杉本綾、神戶宇孝
攝影　南建二、川崎公夫
總編輯　許汝紘
副總編輯　楊文玄
美術編輯　楊詠棠
行銷企劃　陳威佑
發行　許麗雪
出版　信實文化行銷有限公司
地址　台北市大安區忠孝東路四段 341 號 11 樓之三
電話　（02）2740-3939
傳真　（02）2777-1413
網址　www.whats.com.tw
E-Mail　service@whats.com.tw
Facebook　https://www.facebook.com/whats.com.tw
劃撥帳號　50040687 信實文化行銷有限公司

印刷　彩之坊科技股份有限公司
地址　新北市中和區中山路二段 323 號
電話　（02）2243-3233

總經銷　聯合發行股份有限公司
地址　新北市新店區寶橋路 235 巷 6 弄 6 號 2 樓
電話　（02）2917-8022

2014 年 3 月 再版
定價　新台幣 350 元

森林的四季散步 目錄

尼可先生正在指導前來學習森林知識的學生。

秋

冬

冬天被白雪覆蓋的黑姬森林。

樹木醫生開始診治生病的閑貞櫻。

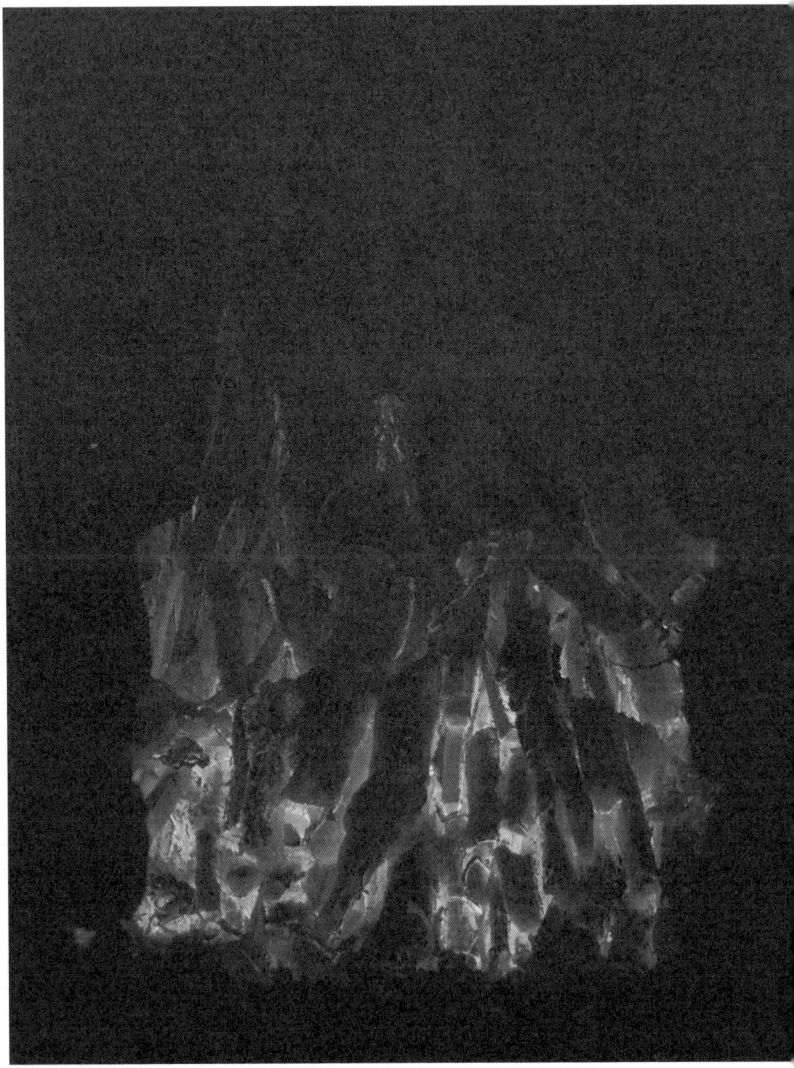

這是AFAN森林製作木炭的窯。

從尼可先生的書房望出去的林間風景。

推薦序

巧遇

我和尼可第一次碰面的時候，他在日本還沒沒無聞。與其這麼說，還不如說是他當時尚未決定在這個國家落地生根。機緣巧合之下，兩個在同時期來到日本的旅行者，就在東京這個大都會邂逅了——那是聚集好幾個「偶然」，才造就出的相逢。話說當時我倆雖然是在各自的朋友家中當食客，不過他那位朋友，又剛好是我朋友——說起來很複雜，總而言之，有一次我們遇到麻煩的時候，那個好朋友說想要喝一杯。碰巧地，尼可和我就這樣坐在同一個客廳中互相敬酒。

這個留著紅鬍子、體格很壯碩的威爾斯人，滔滔不絕地說著一個又一個令人難以置信的冒險故事。說北極長征的事，說在衣索比亞新建的國家公園中和盜獵者戰鬥的事等等。我聽得入迷，忘記了時間已近深更。根據我殘存的記憶，那天晚上後來應該就那樣子聊到了天亮。

那已經是十八年前的事了，我從那個時候起，就一直躲避著尼可！不，應該說

是完全沒有來往，感覺上並沒有什麼交情。當然，那是因為我對尼可感到敬畏的緣故。他確實是個厲害的男人。作為作家，他創作出好幾本暢銷書；而作為作曲家，他也絕對具備著足以得獎的實力。而他關心環境問題，擔任總理大臣的顧問，在柔道和空手道上是有段數的人——現在，他還成為日本新國家公園管理員養成專門學校的原動力，正為此奔走著。在這樣的一個男人面前，任誰都會喪失信心，理所當然地認為自己是平庸的人類。

但是，且慢！我的「臉皮」事實上是無與倫比地厚，就連跟「喜歡鑽漏洞」那種卑劣的人，也能心平氣和的來往。而且說起來，無論尼可本身多麼多才多藝，他同時也是一個很愛講話、非常非常普通的男人。不過他雖然不挑選談話對象，但也並非是來者不拒，更不太能忍受光只說一些蠢話的傢伙。

那麼，我又是為什麼會與尼可保持距離呢？因為沒有共通點嗎？並不是。相反地，我們的相似之處多得不得了——首先，我們兩人都是持有加拿大護照的英國人（嘿，抱歉哪！尼可，你實際上是威爾斯人。這兩者是完全不同的東西，這點我也十分清楚），我和他不管是哪一位都定居在長野縣。而我們最大的共通點，則是雙方都比誰更愛日本這個國家的自然和飲食文化，從人乃至於貓、狗和家畜，全都毫無保留地熱愛著。不過，不介意的話，請容我更正，只有腦袋跟混凝土一樣硬的頑固傢伙除外。

還有一項，我們全都受到同一個出版商的照顧。他的名字叫安井誠，確實是個「堅忍不拔的人」。如果要說他有什麼缺點的話，說來說去，唯一一個就是老想要把我跟尼可湊在一起做對談。對於觸及生命核心的部分，兩個見解相似的朋友碰在一起做對談，是不能奢望會撞出什麼火花的。誠到底什麼時候會發現這一點呢？我們要是有哪一個是建設公司的課長，或是高爾夫球場的開發者就沒問題了，那樣一來，一定能做出精彩的對談的！

尼可並不難相處。我們的共通點也多得跟山一樣高，因此，我跟他保持距離的理由只有一個。如果我不小心和尼可做朋友的話，差不多平均一星期就會死一次。大家讀過這本書之後應該都了解了吧？尼可是個無人能敵的酒鬼（尤其非常愛喝單一麥芽威士忌）。如果按照他狀況來喝酒，後果一定不堪設想。事實上，與尼可徹夜漫談到天明的那一回，對我而言並不是談不上美好，更別說神清氣爽迎接早晨。然而尼可卻不是這樣，到了早上他精神又馬上好了起來，神采奕奕地去劈柴和練空手道。汗一旦

流下來，他一定又會先來杯冰涼的啤酒。結果，他居然還對我說，一起到山裡去散步吧！這是什麼怪胎呀？我明明只想窩在棉被裡裝死，他實在強的太過分了啦！

這種事情再多個幾次，我的膽汁和腦漿全部都會吐出來。不過即使如此，我的內心還是暗暗期盼著與尼可重逢的那一天。仔細想想，論及做一個「說書人」的資質，他的天份無非是最高的。一個接一個的新穎題材，隨著尼可的人生歷程衍生出來，他從來不缺說書的話題。

本書也一再揭露這一點。我想透過那些小故事，大家也一定能感受到尼可這個人的魅力。其中一項是「睿智」。人類不依賴自然是不能生存的，因此自斷命根是愚蠢的，這不是誰都了解的道理嗎？尼可的另一個魅力，就是他的溫柔。那蘊藏在他對生命寄予的關愛、注視著自然之美和驚異之處的溫和目光中。

活著有必要的正是那天經地義的感覺以及溫柔，尼可至今為止都不斷闡述著這個道理。要去調和而非破壞自然、找出人與大自然更加和諧的共生方式，正是他畢生的職志。在本書收錄的短文中，有一篇提到為了拯救溫哥華天橋上的燕巢而奮戰的事。

在那篇文章的最後，尼可這麼說了，如果不得不採取法律或罰款的強制手段就不能守護自然的話，那樣就錯了。唯有每一個人都抱持著正確的心態，才有辦法解決問題。

要培養這種「正確的心態」是一項艱困的事業，而尼可目前正在全力推動——那就是協助創立培育國家公園管理員的專門學校。年輕的學子們現在正忍受著嚴格的訓練，並努力地學習著以尼可為首的老師們教導的專業知識。最終，他們應該會一個一個地在草原裡、山林中，或是海邊，各自安身立命吧！他們一定會凝聚成一股巨大的力量，守護著這個國家美好的大自然吧！我如此盼望著。

這本書是由尼可在《每日新聞》的專欄一年來所連載的文章集結而成的。在尼可強力的美言之下，我接替了那個專欄的寫作工作。感謝你，尼可！託你的福，我現在正水深火熱。實在是不知道到底該抱住你向你表達感謝之意好呢？還是該揍你一頓洩恨比較好？話說回來，要是找尼可單挑會有什麼下場，想也知道。不過尼可，請容我說一句——不論是酒力還是筆力，要拼過你還真的是蠻吃力的呢！

詹米・安吉拉

詹米・安吉拉（Germi Angel）

一九五一年生於英國哈士丁（Hastings），是當地貿易商的次男。一九六九年進入牛津大學專攻動物學，後於倫敦大學研究所取得社會人類學碩士學位。一九七六年到日本。研究《彈塗魚王國》中的家貓社會行為，同時擔任富士電視台節目《彈塗魚和牠快樂的朋友們》的海外採訪執行製作人。現居長野縣富士見町。著有《貓咪變多了》（小學館）、《哈利醫生的愛犬物語》（集英社）等書。

✿ 春

Spring

微風將花瓣吹到家門前及屋頂上，

有一片淡淡的粉紅色花瓣，

甚至還墜落在我手裡的白酒杯中。

我對朋友們說，在日本美麗的「花見」（賞櫻）中，

花瓣飄進杯子裡，

是非常吉利的象徵。

溫哥華的櫻季

昨天，我剛從卑詩省的溫哥華回來。當地正好是櫻花初綻的季節，已經足足有一星期，不論哪一條街，都堪稱世界第一的賞櫻勝地。曾經在溫哥華環保局擔任環境問題緊急應變官的我，每次回到那綠意盎然的街道，心情總能得到放鬆。

在那裡，觸目所及都是高聳並立的老樹，各式各樣、種類繁多。對於幾十年前種植這些樹木的人，他們的眼光及先見之明，我唯有感到佩服而已。

溫哥華的二八〇〇街西十二號大道，住著我的多年好友弗列德（Fred Coach）。兩年前的夏天，我們一群老朋友曾經聚在他家，一邊喝紅酒，一邊烤鮭魚和雞。當時，在歡樂的音樂聲中，驟起的微風將花瓣吹到家門前及屋頂上。有一片淡淡的粉紅色花瓣，甚至還墜落在我手裡的白酒杯中。我對朋友們說，在日本美麗的風俗「花見」（賞櫻）中，櫻花花瓣飄進杯子裡，是非常吉利的象徵。

話雖如此，不過，那片花瓣不是櫻花，而是西洋七葉樹的花。在弗列德家門前的大馬路上並肩林立的，是高大的西洋七葉樹，那牢固的結構看起來就像是重量級

AFAN 森林中的啄木鳥。

的摔跤選手搭肩並排著一樣。從樹幹的粗壯度來計算，要是在我所居住的黑姬山，這些樹的樹齡大約有一百到一百五十年了。然而弗列德卻說，不管哪一棵樹齡都不到六十，在它們還是小樹的時候，都讓專家親手修剪過枝枒，因此樹幹才長成這般粗壯、枝條看起來才如此強而有力。這些樹向著天空開枝散葉的模樣，如同燭臺一般，據說開花時，就像是捻亮了一盞盞白色的燈。

話說，我現在正自己著手養蜂。

從溫哥華的上百棵樹中，隨隨便便選一棵，一定可以立刻取得五加崙的純正蜂蜜——我一聽人這麼說，就開始想像在樓房的屋頂放上幾十個蜂巢的情景。在高樓大廈的最頂樓，只要放得稍微高一點，讓人伸手無法觸及，就不會有人知道，也不會有人多管閒事。但是，倘若街上的人被蜜蜂螫到可就麻煩了。因此，就算是無論哪一棵樹都適合，但依然不能在市中心養蜜蜂。

不過，我在溫哥華的樹上養蜂，以儲存蜂蜜的計畫沒別的目的，只是為了能讓七葉樹的花開得漂亮。要是有誰砍了那些樹，我一定會感到痛心的。最近新移民到這條街來的有錢香港人，蓋房子或買新家時總會請風水師來看，然後聽他們的話，

遵照莫名其妙的天諭，紛紛砍倒了門前的大樹。最後又急急忙忙搬進來，使這附近居住品質的風評日漸下跌。雖然風水師是以替顧客創造幸運為考量而給出這種建議，不過說到底，那真的跟樹一點關係也沒有。

話說回來，現在的溫哥華以斯坦利公園為代表，擁有好幾個聳立著參天大樹的美麗公園。光從這點看來，就可以知道溫哥華，甚至是卑詩省的每一位市民，都是很喜愛樹的。

然而如今不容否認的事實擺在眼前，從溫哥華搭機度過對岸時，眼下所見的盡是悽慘的、砍伐過的林木痕跡，而且逐漸在擴大中。山巒幾乎已成了一片陡斜坡，為了搬運砍下的木頭而開出的道路縱橫其上，將侵蝕者的魔爪清晰地刻鏤出來。公園和市民的生活週遭處處充斥著綠意，然而，一到野外去便宛如走到另一個世界，這就是溫哥華的現況。樹齡好幾百年的雪松和其他林立的古木，三兩下就被砍倒了。在溫哥華，孜孜不倦記錄著時間的森林，如今已被人們親手破壞得光溜溜了。何況那些森林還扮演著大溫哥華圈流域分水線的角色呢！因為濫砍濫伐，森林喪失了水土保持的功能，溫哥華的河川中，泥沙和有機物質都明顯地增加了。但是針對這個問題，政府的應變措施居然是使用化學物品來淨化水質！

一九二六年，擔任第一任大溫哥華水利局局長的歐內斯特．克里夫蘭，強力反對所謂伐木事業擴張到流域分水線附近來。然而一九五二年，克里夫蘭去世才僅僅一個月，政府當局就找上了伐木業的諮詢輔導公司。當然，對方是極力倡導分水線一帶的開墾的，所持的無非是古木繁多的森林容易引發火災這類表面的理由。這種粗淺的說詞很容易戳破，但非常可惜，只要說幾句類似的「常理」，就足以應付那些貪財又沒大腦的人了。至今，全世界各地和溫哥華政府都已揭示，古木林立的森林，禁止公然踐踏與破壞。

然而無論如何，溫哥華水質差，已是千真萬確的事實。

為什麼呢？日本和韓國的例子可以成為借鏡——為了滿足無法饜足的慾望，不斷砍伐森林，不知道該適可而止，甚至將魔爪伸到國外去。一直以來，我都為反對黑姬本地的林木砍伐而奮戰著。誰也沒有資格砍伐不是自己親手種植的樹木。如果要砍下歷史悠久的古木，大家都必須一起坐下來討論，這可不是政府或木材公司可以隨隨便便決定的事。

我做過一些造林的相關研究，原先以為其目的是生產木材賺錢。後來才發現，林木局和木材公司提出的「使森林年輕化」的說法，是令人質疑的。他們所謂的

「年輕化」，其實就是用來砍倒老樹的藉口。道理很簡單，壯觀的大樹是值錢的。只要到存放木材的地方實際走一遭，就可以知道樹齡上百年的古木是不會腐朽的。不管哪一塊都完整而漂亮，那便是業者最想得到的木材。

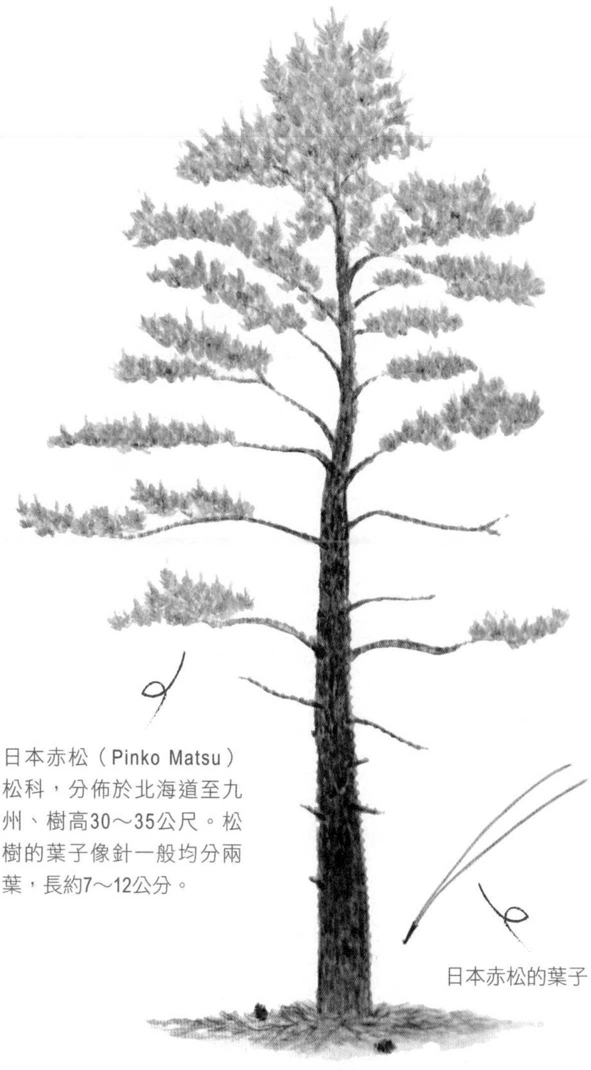

日本赤松（Pinko Matsu）
松科，分佈於北海道至九州、樹高30～35公尺。松樹的葉子像針一般均分兩葉，長約7～12公分。

日本赤松的葉子。

現在溫哥華大街上，被美麗花朵渲染得繽紛耀眼的老樹，都是往昔在歐內斯特・克里夫蘭時代種下的。在驚嘆已故的克里夫蘭的先見之明之餘，也可以肯定，當時的市民能秉持著對清澈水質和盎然綠意的熱愛，建造出這麼漂亮的街道，生活意識肯定是很高的。我想，如今該是再將昔日的意識喚回的時候了。

下次再造訪溫哥華，我打算了解一下從日本採購木材回國的買家的心態。我想問問他們，對日本美麗的森林貢獻了些什麼，以及怎麼看待那裡。

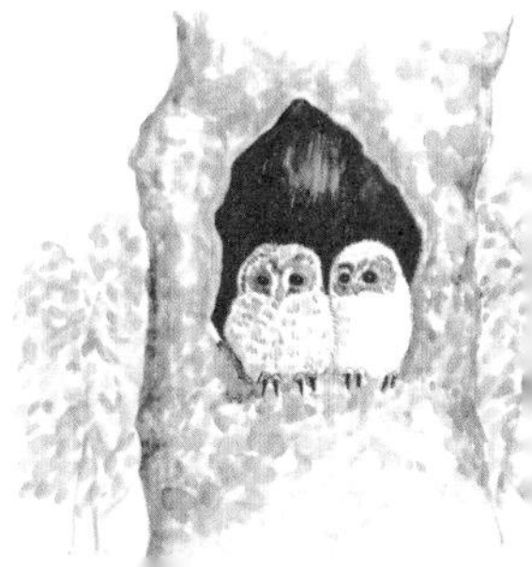

閑貞櫻

在書房的窗外，鳥居川響起雪水消融、開始流動的聲音。雖然四天前那場暴風雨讓人覺得冬天似乎又要回籠了，但無論是風中的甜蜜香味，還是日漸溫暖的陽光，在在都是春神來臨的信息。院子裡，水仙和藏紅花的嫩芽正到處探著頭。唉呀！居然連小狗的排泄物也出現了！我一早就趕緊撿起來，集中在一起，不和著煤炭做成堆肥不行。

我前不久才為了要演出電視節目「賴瑞金現場」（Larry King Live）到東京去了一趟。雖說是演出，不過我可是寫實的將自己的生活面貌全盤托出呢！然而相對也讓賴瑞和其他工作人員大感錯愕。如此在黑姬山麓下居住的我，生活方式是他們所無法想像的吧！

就像現在這種坐在書桌前，不知不覺寫起文章的生活方式，此刻是傍晚五點，暮色漸沉的時候。還有，一早就為了看櫻樹而出門的方式。那櫻樹是棵長滿樹瘤、仰之彌高的參天古木，在這附近以「閑貞櫻」之名，名聞遐邇。

根據此地的傳說，這棵櫻樹是一個法號閑貞的和尚所種植的。這故事要追溯到一七〇二年，赤穗四十七武士討伐吉良上野介，替主君復仇，高舉著吉良的首級，列隊在江戶城遊行的壯烈事蹟。這義舉感人至深，還因此出現了一間專為武士們釀造秘藏酒的酒藏。

四十七浪士提著吉良的首級，獻到已故主君的墳前，稟告主君已為之報了血海深仇，然後被幕府下達了集體切腹自刎的命令。在當時江戶的庶民之中，四十七武士備受歡迎；諸侯之中褒揚他們泱泱的武士風範，及其赤膽忠誠和武藝、勇氣者，也相當多。話雖如此，平治天下的法統終究不可違背，身為幕府，不能公開認同他們的行為。那個為武士們釀酒的商人，不用說，當然也惹上頭不高興了。如此，根據故事發展，那個義商後來逃到長野縣的北部去，改名為閑貞，出家當了和尚。

相傳是閑貞所種植的這棵櫻樹，至今不僅廣為日本人所知，且已聞名世界。英國的 BBC 曾在一系列日語相關節目中，選出以這棵櫻樹為題材的特輯，在世界各國放映。寫作立論的我，也在自己的節目中介紹過無數次，甚至也被納入了 HDTV（譯注：High Definition TV，即高畫質數位電視）電視頻道中播放。

在每年的習俗花見大會（賞花大會）中，人們總能以被白雪簇擁的壯麗山巒為

背景，沉醉在繁花盛開的景象中。由於閑貞櫻就長在我家門前那條路下去一點的地方，因此，風和日麗、適合賞花的絕佳好日，也恰恰是人山人海的日子這件事，是可以想見的。

雖然和親朋好友在一起飲酒作樂是難得的事情，但是喝醉了的話，遑論賞花，壓根連自己都看不清楚了！

不過這四年來，閑貞櫻的模樣卻越來越孱弱，枝條漸漸乾枯，花也開得稀稀落落。人們一直以來見到的，都只有它繁花盛綻的模樣。之後，賞花的遊客就回家了，見不到老櫻樹在小屋外一角，靜悄悄地忍耐沉重歲月壓在身上的姿態。是的，就像一年之中，只能擁有那一次美好回憶的老爺爺一樣。

就在發現閑貞櫻異狀的時候，我得知世上有個厲害的樹醫存在。據說他是個曾讓在廣島原子彈爆炸中慘遭重傷的樹木重獲生機的奇人。

根據傳聞，他是一九〇〇年出生的，那麼推算起來，如今應該是百歲以上的人瑞了。這位山野忠彥老師，答應了與我和森林管理人在東京見面的請求。

當天，他要求看一年四季中閑貞櫻各個角度的照片，並要我們說明櫻樹的狀

況。最後，山野老師拍著胸脯對我們保證，閑貞櫻雖然病得非常嚴重，但只要悉心治療，必定能挽回一命。

因此，一九九三年山野老師的大弟子山本光二先生專程到黑姬來了。大伙兒促膝長談的結果，依然得出閑貞櫻已病入膏肓的結論，而要治癒它不但得花上好幾百萬，更需要投入大量時間和人力。

當下我立刻答應捐一百萬，並且來來回回地說服林業家松木先生及本地人幫忙，而市公所也替我洽商。結果奏效了，連縣政府也聽到了我們的心聲。

終於，在當局的許可下，閑貞櫻的療癒行動開始了。

首先，為了觀察根部的狀況，我們謹慎

日本赤松的花。

日本赤松深茶色的松果，果實成熟時，種子會飛彈出去。

地挖掘櫻樹周圍的土地。不出所料，情況非常嚴重。細的根被「根疙瘩」所侵蝕，粗的根則大部分都枯死了，必須進行長期的大手術，施予藥物，並且一點一點地置換根部附近的泥土。

我們還截斷枯掉的樹枝，並特別照顧受傷的地方，將塞在樹洞裡的腐爛物，一點也不留地挖出來，然後把粘在樹皮上的青苔刮掉。長得密密麻麻的青苔，在樹木健康的時候能發揮保濕的作用，不過像閑貞櫻這種生了病的老樹，是百害而無一利的，因為轉眼間，就會變成害蟲的溫床。

治療如火如荼進行的時期，有很多人跑來看閑貞櫻的模樣。然而，以我為首的本地人，卻絲毫沒有看熱鬧的心情，只是一昧等待著手術終了。

之前山本先生曾說過，將會和閑貞櫻變成一輩子的朋友。我自己也有同樣的感覺。聽說山野先生也是，只要身體狀況允許，他五月份就會親自過來一趟。或許會有人說，在一棵樹，而且是一棵腐朽的老樹身上耗費時間和金錢，真是愚笨透頂的呆子吧！不過，這棵櫻樹在過去十二年的漫長歲月裡，一直都不斷取悅著我們的眼睛哪！在電視節目中出現的時候也是，它壯碩的身軀上，為我們綻放了無數的花朵。如果將這些輕易抹滅掉，豈不是太過自私了嗎？老樹也有生存的權利，我

想，作為無可取代的存在，無論是老人或者老樹，他們的生命價值都應該大大被讚揚。

在吃完午飯回家的路上，摘了剛剛長出來的款冬花莖。報告春天來臨的消息，野草是頭號好手。我要趕快帶回家做炸野菜。雖然有人說味道有點苦，不過我卻非常喜愛。這是如同母親般的大自然給我們的小小禮物，似乎還可以聽到她說：「來吧，冬天已經結束了！不要擔心，我會讓你們健健康康的唷！」接下來的這個季節，在自家菜園裡摘的蔬菜及山中野菜，會競相排滿我家的餐桌。

也差不多該結束這些話題了。只要在路邊站上一小時，就會汗流浹背，我打算花點時間，悠閒地泡個澡。中間，間歇性地起來浸冷水，冷卻一下熱呼呼的身子。即使是在這種深山，也見得到許多的好朋友。昨晚，我們才剛為朋友英治先生的太太舉行了盛大的慶生會，在我家門前寬闊的草地上，燃放了出自行家之手的美麗煙火。

誠然，這對一個在日本生活的外國作家來說也一樣，是無可挑剔的人生哪！怎麼樣？賴利，不如你也稍微放慢腳步，偶爾過過這樣的生活吧！

煤礦

某個早晨，我坐在窗邊，一邊啜飲著加滿自製蜂蜜的紅茶，一邊讀著英文報紙。窗外是一片廣闊的森林和青草地，溫暖的日光灑落。

在日本本地，而且是黑姬山麓下的我的家中，看著英文報紙……，沒有什麼比這更奢侈的事了。雖說如此，報上千篇一律是柯林頓總統和葉爾辛總統勞心勞力的模樣、波西尼亞的慘況等報導。不過，當中有則新聞吸引了我的目光，那是英國的煤礦工人和運輸業者大規模罷工的報導。

我腦海裡久遠前的記憶，因此而復甦。

據說英格蘭北部的煤礦坑相繼關閉，如今只剩下 Rhondda Valley 一個根據地，而且當地也只遺留一個煤礦坑博物館。

我翻著報紙，想不到會看見祖父的照片。那張照片裡面有架大鋼琴，正是位於我們家採光良好且溫暖的起居間裡的「特等席」。

照片中的祖父以非常莊重的姿勢站著。至今我還記得他那大而厚實的手掌。好幾次我太壞，他都會用手重重打我的屁股。如今，我也還能清楚憶起當時祖父的手的觸感。祖父戴布帽、穿著三件式的西裝，脖子上圍著小條圍巾。兩腳套著高度到膝蓋的漆黑高統靴。上衣的衣襟上，別著用舊「巴素」（Brasso）罐手製的碳化物油燈。

「巴素」這種東西，用附有螺釘蓋的小型馬口鐵罐裝著，人們至今還在用，是古時候就有的金屬拋光劑。把細銅管焊接在巴素罐的蓋子上，就可以做成碳化物油燈。這個燈是這樣構成的：在罐子裡放一點點碳化物（**碳化鈣，電石的主要成份，加入過量的水會產生氫氧化鈣和乙炔，故別稱「乙炔鈣」**），再注入水，會產生易燃的乙炔，此時往管子頂端點火，青白色的明亮火焰就會燃起。

祖父一直在南威爾斯的 Londa 當礦工。而我也在一九四〇年於南威爾斯的 Neath 出生。祖父生於一八八六年，十二歲從學校畢業開始到第一次世界大戰爆發為止，都一直在礦坑裡工作。

在起居間裡照的那張照片，是祖父二十幾歲正當年少時照的。拍照的時候，大概是工作剛剛結束，因此手上、臉上都是灰撲撲的煤炭。照片中的祖父，就這樣以

當年的姿態，不斷對我投以挑戰的目光。

現在想來，那也不是不可能。祖父過的是與死亡背對背的人生。潛入地下，連一頂頭盔、一盞油燈都沒有，只能仰賴布帽和乙炔的青白色火焰，孜孜不倦地工作著。然後，戰爭來臨了。祖父被送到最前線，在橫屍遍野的世界中求生存。雖然是打著「為所有戰爭畫下休止符而戰」的名義而發起的戰爭，但無非是想弭平波西尼亞新起的爭端火苗，其實沒那麼大義凜然。

如今我聽說，當時的英國還是以煤炭為主，幾乎沒有依賴過中東輸入的石油。然而，從戰地歸來的祖父完全變了一個人。戰地生活裡，雖然有壕溝取代礦坑，但祖父已經無法忍受看不見天空的地方了。在礦災不斷發生的年代，祖父幸運地在客運公司找到一份足以餬口的工作。到我懂事的時候，他已經升上檢查官了。那真是出乎意料之外的結果。那個時代，當上南威爾斯的巴士檢查官，是頗有面子的事。

有一天，我祖父將一個大煤塊弄成細細的碎片，然後放進金屬製的煤盒中，不斷觀察著。那個年代，在鐵鑄或銅製的大暖爐旁，或廚房的烤箱邊，

總放著這種被磨得閃閃發光的煤盒。我指著碎煤塊剖面上刻鏤著的金金的東西說：「爺爺，這好像葉子呢！」

「是的，這是遠古時代的葉子。」祖父回答我。「這塊煤炭在很久很久以前，是森林中的一棵樹。我們人類把遠古時代的森林挖出來，燃燒著呢！」

祖父還說，如果要為將來做打算，現在應該要多種些樹。不過雖說如此，我們人類卻貪得無饜地燃燒著遠古的森林，並且為了造礦坑的柱子、鐵軌的枕木，一點一點地砍伐著威爾斯的林木。從那以後，經過了好幾年的時光，祖父的話實現了。現在，南威爾斯的造林活動非常盛行。當時我幼小的心靈中，深深認為礦工的工作是很辛苦、很可怕的差事。然而當時的礦工們，每個都是非常陽剛的男子漢。如果在被窩裡努力撐著不睡，可以聽見半夜做完工作、踏上返家之路的男人們的腳步聲。靴子的跟在石板路上喀喀作響，敲打出輕輕的、悠然的節拍。礦工們似乎總是快樂地哼著歌。

年幼的我所不知的，是纏繞著礦工的無數悲劇。我不知道他們是如何被壓榨，過度勞動、罹病……。等我了解祖父每天早上為何咳嗽咳得那麼厲害，已經是很後來的事了。

但是，我有能力寫些什麼吧？也能談論文學或詩歌，或者講述橄欖球比賽。除了飲酒，對於聖歌隊的種種，應該也算是個學識淵博的人吧！我也曾被罷工活動波及，對於成群結隊的人們感到生氣。然而現在的我，應該有資格針對礦坑及在那裡工作的男人們，發表一些意見吧！

其實我只進過礦坑裡一次。之前，我曾和電視臺的克魯一起到南威爾斯去拍攝礦坑裡面的情形。那是在山腰上挖個洞，可以讓馬拉的礦車通過的那種小型礦坑。雖然我們事先就取得了當局的拍攝許可，但到了要進去時，還是發現有監督拍攝的人正等著我們。他要我們保證工作人員拿的類比式錄影機是安全的，否則無法同意我們帶進去。而祖父竟然在安全管理如此嚴格的礦坑裡，別著舊馬鐵罐做成的燈，靠著乙炔的火光勞動著！

時代確實是變了。現在的我，除了依賴自己蒐集的見聞以外，已經無法了解當時的事情了。不過即便如此，我的心中還是烙印著對礦工及其家眷們的回憶。而祖父喬治．萊斯的照片，對我而言是無價之寶。

黑姬山麓的我的家裡，並不使用煤炭。應付暖氣、燒開水、洗澡的熱水等

所需的燃料，都是從 AFAN 森林或是朋友的果樹園砍下樹枝當作柴薪而得的。但是，祖父家不論做什麼都是用煤炭。就連照明都是使用煤油燈，追本溯源仍然是煤炭做的。

時代變遷，我家用起了電。不過相當不好意思，那電是怎麼發出來的，我並不是很清楚。我家至今除了汽車和鏈鋸之外，都盡量不使用石油做燃料。其實，如果回到祖父那個時代，整個村莊裡，連一個有汽車的人都沒有。不管是送牛奶、啤酒或是運送煤炭，都是使用馬車。

相較之下，我不禁覺得自己是否太過於依賴文明的利器、太習慣那種方便性了？要忍受祖父那年代的生活方式，也相對變得非常困難。不過，當時的人們，大概都是像祖父這樣的人吧！而所謂的「那個時代」，或許再也不會回來了吧！即使如此，一回想起祖父的生活方式，我的胸中還是忍不住感到一陣類似鄉愁所帶來的痛楚。

時代日新月異，人們也跟著改變。因為國情不同，世界各國的能源政策也是林林總總。但是無論如何，我們都不能忘記那些礦坑裡的男子。

熊出沒

前幾天，某個晚餐時間，本地獵友會的會員偶然從我家前面經過。那時候我正好在門前展開春天的大掃除，就叫住了他，請他進來喝杯茶。

那是個在外面吃飯稍嫌冷了點的日子。林業家松本先生也帶著特大號的飯糰過來喝熱茶。那一天，我們三個男人就這樣坐下來，嘰嘰呱呱的聊著。

松本先生說，這幾年來，山上的積雪雪質是最差的。飽含水分的粗粒雪積了一大堆，危險至極。即使穿上此地從古代流傳下來的、仿照熊的前腳所做的圓形「踏雪套鞋」，還是會陷在雪中，雪會埋到腰間，寸步難行。聽說有樹木生長著的斜坡上，甚至還會東一點、西一點地發生小型的雪崩。

決定在這地方落地生根，到今年已經是第十三次迎接春天了。而和黑姬山的交往，則經過了更長的時間。以前我最感到驕傲的事是，這一帶從十二月半起到三月左右，下的都是雪，一滴雨也不會下。然而近來這個狀態卻有了變化。

一九九四年一月，因為不停下著雨，使積雪飽含水氣，而後成了雪暴。由於這些新雪的緣故，隨時都可能會發生雪崩這件事，也就不奇怪了。

接下來要說的，是我的獵人朋友上山時所發生的事。他是為了瞧瞧冬眠中的熊是否會從洞穴裡出來而上山去的。每年這個時期，縣政府會為了「驅逐害獸」而組成地方性的獵友會。他們甚至還會簽署文件，同意獵人們即使在禁獵期，還是可以攻擊熊，哪怕那是在洞穴中緊緊挨在一起的母子熊。

一旦感覺到春天的氣息，熊群就會一次從洞穴裡出籠。但是只要氣候還有一點涼，牠們就還是會躲在洞裡不出來。如果裡面有小熊的話，更是如此。熊出來過後，地上會留下腳印，這時候只要沿著腳印追蹤就可以了。要找到牠們的洞穴並不是太麻煩的事。

從好幾年前開始，我就強烈反對這種做法了。有時候我還會寫佈告，公開訴諸大眾。我的論點是，山中有著為數不少的熊，入山碰見牠們，就正大光明地獵捕，這不正是「狩獵」的行為嗎？

那就如同進去國家公園裡面襲擊躲在洞裡的熊一樣，已經不算什麼打獵了，充其量不過是虐殺而已。殺掉臍帶相連的母熊和小熊，不論就生態上或是道德上來

看，都是於理不容的行為。至少我是這麼認為的。

我知道這做法是日本獵人自古以來一直流傳下來的。不過對我而言，這是卑劣的傳統，沒有什麼好說的。

熊的存在確實對農作物的傷害非常大。即使是我自己，去年也拜熊和狸所賜，種的玉米全都毀了，養蜂蜜的蜂巢等東西，也全部被破壞光了。

更令人頭痛的是，我們 AFAN 森林有個三隻一伙的熊集團，常常趁我們不在的時候，闖進來偷拔山葡萄、水果或樹果，大快朵頤一番。想吃難摘的橡樹果和栗子時，好像就會拚命敲打樹枝，等果子掉了滿地之後，再一屁股坐下來飽餐一頓。

即使如此，我還是很歡迎熊的大駕光臨。熊會到自家的森林來，這件事是我的驕傲！

而且追根究底，熊會破壞田地，起因在於人類先破壞了山林，把自古以來就是混合林的森林砍得光禿禿的，變成只剩針葉樹的單調針葉林。因為這個緣故，熊這類山居的動物，可以吃的食物變得東一點、西一點的。所以，跑到村子裡來時，也牢牢記住了可以吃的玉米的味道。

照這麼說，我想也許有一天我會跟本地的獵人們起衝突。不過，這樣的我連續七年，竟然都是獵友會的一員，本身當獵人的朋友也很多。而至少有一半以上的獵人，都贊成我那不該將熊趕盡殺絕的想法。尤其我們心裡都很明白，假如再多撲殺幾隻母熊，熊群的數量肯定會銳減。

順道過來喝茶的獵人想了這樣一個點子：在熊常過來搗亂的地方，找一塊空地，替牠們種玉米什麼的。若是這樣，我倒是可以提供一兩個場所，而大家一定也都會幫我的。而照我的想法擬定出來的對付熊的策略，也相當適合本地的農家。我想，既然玉米田會被破壞，那明年開始就種些熊不喜歡吃的東西，像是小蘿蔔、蕃薯、包心菜等，隨便什麼都可以，不就好了嗎？

這一帶的那些喉部長有月形白毛的「黑熊」，總歸一句，全是愛吃玉米的饕客。牠們會在玉米田的正中央大剌剌地坐下來，兩隻手用力攬住玉米莖，然後從玉米尾端一口咬住，開始啃起來。英文裡面有個俗語叫「pig-out」——「貪婪地吃」。雖然它的原意是「像豬一樣大嚼大嚥」，不過吃起玉米時，改成「bear-out」——「像熊一樣大嚼大嚥」也很恰當，不是嗎？

因為有那種事情，耕作熊專用的玉米田，或許會是個意想不到的好辦法。雖然

松木先生可能會怒氣沖沖地說：「那些傢伙，要種就自己種！」反正這個計畫還有另一個好處——可以順便捉個幾隻熊（當然，這是在獲得許可的前提下才這麼說的），最好能配備發電報機。我如此提議道。

我甚至認為如果要進行熊的生態調查的話，交給一個年輕生物學家負責就可以了。我希望差不多花一年左右的時間，我們幫他打理生活，並準備一間房子給他住，讓他在那裡紮紮實實地進行熊的研究。因為除了將應有的資料蒐集好，全面禁止獵捕附近的熊以外，也沒別的方法了。雖然實際上因為地域的不同，也常常會改變做法。

就在今年，我正好有了想親手拍攝熊的念頭。我打算用蜂蜜將他們引誘到AFAN森林來。只要看看小熊維尼就知道了，熊最喜歡的東西就是蜂蜜了。事先選定適合的場所放蜂蜜，一連放幾個晚上，聞到那味道的熊，應該就會完全被吸引過來，期待地東張西望。牠們終究戰勝不了誘惑的。

「相較之下，」獵人先生說，「在玉米田搗亂的動物，比起熊來，狸更

山毛櫸科的樹果在秋天結成果實。約1.5～2.0公分。

討人厭。那些傢伙不是不時都在那兒探頭探腦嗎？」

狸的數量的確不斷在增加。牠們似乎總記得要掃光剩飯，而且好像也忘不了玉米的滋味。那些傢伙下手時十分靈敏地用後腳站著，再用前腳撲倒玉米莖。然後，以耳朵都快要貼到地上去的姿勢，盡情地大吃。那是狸所幹的勾當，一看就知道。

農作物因為熊而遭受損害，一定是可以克服的。要解決這件事，首先要好好的管理森林，重新整頓熊的生活環境。同時另一方面，種植熊不會出手的農作物。還有，也應該考量要如何賠償受損很嚴重的農家。而且，要體諒熊。來自大地的恩惠，熊不也可以共同分享嗎？所謂山地野生的熊，依然還是要在山上生活，才會生氣蓬勃、充滿活力。即使不能要求獵人別一看到熊就神情不變，至少我希望本地居民不要胡亂地懼怕熊。

這一帶的黑熊和北海道兇猛的棕熊是不同的。當牠們帶著小熊出現的時候雖然要特別留心，但其餘時間，除非有人冷不防地襲擊牠們，否則牠們應該是不會自己主動露出利牙的。熊先生、熊小姐，**AFAN** 森林歡迎你們！你們闖的小禍，我很想要視而不見。但是，當我守株待「熊」，將你們逮住的時候，可別叫喔！

溪釣

前不久，如同我左右手一般的助理福田哲也君突然問我，可以讓他出去一個小時嗎？「好啊！」我說。窗外大地上，剩下一些零零落落的雪，再過一下子，就要拜託他幫我做真正的春天大掃除了。這雖然是工作，但多少也算是公事與私事之間的模糊地帶。

已經接近中午時分了，我到我裝蔬菜的籃子和棚架那邊翻看，找找是不是還有什麼沒挑到的——也就是說是否有「漏網之魚」被分開放了。一定有那種明明可以吃，卻被棄之不顧的蔬菜頭或葉子。我就知道有，撿回來、撿回來！兩根青蔥、一顆表面有點枯掉，裡面卻還很漂亮的包心菜、幾朵雖然有點傷痕卻沒發霉的香菇、被忽略的小紅蘿蔔一根和枯黃青椒兩個，以及一袋乾巴巴的蒜頭。

此刻已是冬季的尾聲。雖然已經看得見蜂斗葉的花莖了，但還不到山中野菜蓬勃生長的季節，種在院子裡的春天的蔬菜也還沒開始長。但是，只要拿出鐵鍋一只，淋上少許的橄欖油和芝麻油，如果有各式各樣的辛香料和一點點

櫟木在四、五月時開花。花大小約6～9公分。花期結束後地面會佈滿花瓣，美麗景象不輸櫻花季。

肉的話，我就可以將剛剛撿回來的蔬菜做成豪華的料理了。

看吧，就在開火煮大雜燴的同時，蒜頭已經剝好了！把蒜頭放進醬油裡醃一會兒，不久，味道濃烈的「蒜香醬油」就完成了。而且，聽說用醬油醃過的蒜頭可以長久保存起來當佐料用。從前日本的捕鯨人要出發到南冰洋去時，一定會把醬油醃蒜頭裝進瓶子裡帶走。據說，這還可以預防感冒。

就在我忙進忙出的時候，哲也君提著塑膠袋回來了。袋子裡的東西好像快要滿出來似的，一堆活蹦亂跳的魚，正在跳來跳去。看來，他是跑到AFAN森林的小溪裡釣魚了（事實上，我買下了緊鄰國家公園的森林中，十八公頃的林地。那是我拚了命才買到手的地方）。哲也君說他一開始只釣到了兩、三隻魚，後來又到附近的養殖場多買了一些回來。這種魚學名叫做「Salvelinus leucomaenis」，日本人叫牠「岩魚」

（紅點鮭），是體型雖小但食慾卻很旺盛，與鱒魚很像的魚。牠的背上長著白色斑點，肚子上則有帶黃的橘色斑點。紅點鮭喜歡冰冷的清澈溪流，即使是夏天，在水溫超過十五度的地方，還是活不了。

紅點鮭因為運動量很大，所以需要大量的氧氣。這個條件，湍急的溪流正好具備。就像 AFAN 森林的小溪這種急流，雖然寬度不到一公尺，但還是能見到紅點鮭的蹤影。

好像是因為考慮到晚飯會有四個人一起吃，哲也君才又跑到養殖場去買了兩、三條來湊數。這個時期，拜注入溪流、富含氧氣和養分的融雪水所賜，魚不太需要吃人工飼料。魚身雖然沒什麼脂肪，但是很結實，味道很好。總覺得與充滿人工飼料味的紅點鮭比起來，我還是比較喜歡這個時節的野生紅點鮭。哲也君在炸得恰到好處的紅點鮭上灑上薄鹽。因為有了這種美味，這裡的生活也就沒什麼好抱怨的了。

至今為止，日本的急流或小溪仍棲息著各色各樣別處見不到的水生生物。說到鮭科的魚，如鮭魚、鱒魚、紅點鮭這一類，對日本人而言，不但替他們提供了垂釣的樂趣，作為餐桌上的裝飾，也是一個不可或缺的存在。

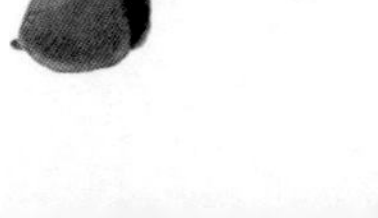

雖然溪魚差不多只能列舉出十五種來，但是在迴游魚類當中，有那種在海裡和在溪流裡時身型不太一樣，名字也不同的。如果將這些也算進去，種類一定會增多。日本至少有四種鱒魚是從海外引進的。這段歷史要追溯到一八七七年。當時最早進口的是從美國來的虹鱒，隨後來自加拿大和北美東部的河鱒、湖鱒（湖中產的鱒魚）也陸續被引進。後來歐洲原產的鱒魚——棕鱒，也經由美國引進。

雖然日本在科學發展或學術研究方面，都堪稱全世界的領導者，不過目前對於自己國家的自然生態，幾乎是處於連調查都沒去調查的情況。不僅如此，風景區的開發和人造林造成的森林單一化，或許都是讓我們不太熟悉的稀有魚類一隻接一隻消失的理由也說不定。日本的溪流中，地形險峻、不容易靠近的也不少。然而沉迷於溪釣的垂釣者，無視於死亡的威脅，不斷在尋求新的釣場。就如同我當作師長一般敬仰的朋友，如今已不在世上的開高健先生。

然而問題來了。首先，無法規定可捕撈的數量。雖然像紅點鮭這種住在溪流裡的鮭科魚類可以藉著體長來設限，但是不守規矩的釣手卻相當多，而且幾乎每個地區都沒有負責取締的管理員；相反地，還組成地方性的漁業工會。即使並不是所有地方都如此，但據我所知，這樣的例子實在非常多。像這種情形，不就等於請狐狸來看守雞嗎？

在垂釣者當中，也有因為發覺事態嚴重，而安排「捕捉↓量身↓釋放」的流程，測量釣上來的魚的體長，再當場放生，好針對溪流的某一段設置「禁釣區」的活動。然而令人擔憂的不只是「量」的問題。撇開魚的數量銳減這點不管，因為異種交配，而產生混種魚類的「質」的問題，也不容忽視。照這樣下去，會喪失正確地掌握溪流生態的機會。

垂釣者還未涉足的溪流，還沒被林木砍伐活動、淤積的泥沙或者混凝土堤岸的建造工程污染的地方，還有我們這裡的小溪，都是紅點鮭的樂園。AFAN 森林的管理人松本先生甚至還能擠身進去用手抓呢！

日本人總是說什麼我們的國家天然資源貧乏。別開玩笑了！日本有森林、有山脈、有清澈的河流，這些地方可擁有著豐富的自然資源哪！不，非常令人惋惜，應該說是「曾經擁有」才對。

從書房的窗戶看出去，可以發現很近的地方有一條非常美麗的小溪。大約在二、三十年前，還可以看見為了產卵，溯溪而上的鮭魚，如今，牠們的蹤影已經消失很久了。雖然小溪本身還是和從前一樣，但問題在下游的地方建了好幾個

水庫，而污染也非常嚴重。這條小溪中，紅點鮭和鱒魚依然很多，不過最近因為到處都在進行著混凝土堤岸的建造工程，魚的數量應該確實有減少吧！

如果擁有最新的技術，與其進行保護河岸的工程，不如努力確保河川的水質，提高水生生物的存活量比較好。然而民間團體幾乎都還無法擔當重任。而且看樣子，現在地方行政單位與混凝土的蜜月期還在繼續著。至於有沒有收回扣，想必是不用問的。

然而再怎麼說，我的運氣很好。工作結束的時候驀然抬頭，能隔著在右肩?立著的冬季枯木，眺望黑姬山。雪和泥土交織而成「銀與黑」的美妙對比，恰如它的名字——「公主」一樣秀麗。而從窗戶下面，傳來鳥居川的水在岩石之間流淌的聲音。

哲也君若是聽到，大概又會想出去釣魚吧？

木蘭會在早春開花，在葉子長出之前，盛開著6～10公分的大朵白花。

蛀牙的熊

有天早晨我起床一看，發現家附近的積雪全部都融化了。黃水仙和藏紅花也都開了。現在從書房的書桌對面、距離右手邊的窗戶約十五公尺的地方，清楚地傳來鳥居川結冰的水消融、開始流動的聲音。傳遞春天信息的候鳥現身了，撫過臉頰的風也暖暖的。

差不多十天以前，我往森林那邊走的時候，雪還埋到膝頭，舉步維艱。我一邊賣力的走著，腦海裡不斷思索著關於熊的事。我一想到熊從洞穴裡出來，就等著被捕捉的命運，心裡不禁悵然。不論是不是在禁獵期，獵人們只要持有「驅逐害獸」的許可證，就可以上山來獵熊。

事到如今，我已不想再重提跟熊有關的話題了。不過只有一件事，我願意不厭其煩的覆述，那就是正大光明地捕捉數量暴增的熊，這我沒有意見，不過，獵殺帶著孩子的母熊和乖乖躲在洞穴裡的小熊，我是絕對反對到底的。

話說回來，還有一件事頗令人沮喪。總覺得這一帶的熊樣子看起來怪怪

的。儘管如此，我並沒有針對這一點展開什麼正式的調查。

就在前幾天，有一頭母熊被射殺了。雖然牠並沒有帶著小孩，不過據林業家松木先生判斷，那頭母熊差不多有五、六歲了——也就是適合孕育小熊的年齡。而且聽說瘦得只剩皮包骨。雖然剛從冬眠中醒來的熊很瘦，並不是什麼稀奇的事，但是和其他熊相比，牠的瘦法並不尋常。

那頭母熊實際秤起來不到四十公斤。然而，比這個更不正常的是牠的牙齒零零落落的。據我所知，這一帶的熊並不會出來翻垃圾或廚餘吃。如果是在北美的話，我就不敢說了，但這裡不太可能有這種情況發生。唉呀，這裡要是有熊出現，就會馬上引起大騷動的啊！牠們只要一出來，就一定會被獵人們驅趕的。

熊會蛀牙應該不是因為吃剩菜的關係，比較有可能是因為吃了太多玉米吧！啃玉米的時候，渣渣容易卡在牙縫裡面，這個經驗相信大家都有過。而且，熊並沒有刷牙的習慣。

進入秋天後，木蘭花紅色的果實垂掛在白色葉梢的頂端。

抓到那隻母熊的獵人們也異口同聲地說，遇到牙齒不好的熊，這還是第一次！聽他們說就算是上了年紀的老熊，也不會有蛀牙的情形。在考古學中，似乎有藉著檢查顎骨周圍有沒有蛀牙或牙周病，辨識豬和野豬的方法。這是因為作為家畜的豬隻可能會蛀牙，野生的豬則不會的緣故。

或許當原先只吃山上野生植物的熊，開始仰賴起像玉米這樣的農作物維生時，模樣和體態也會產生變化吧！如果熊的棲息環境全部都陸陸續續被破壞光（**其實現在還在持續被破壞當中**），那就是我們人類的罪孽了。

一般來說，剛從冬眠中甦醒的熊最先放入口中的食物，通常是觀音蓮之類的植物。因為那能發揮所謂的整腸作用，如此一來，他們才能安心的享用久違的美食。雖然我發現 AFAN 森林的觀音蓮，都被那三隻結夥出現的熊集團給掃個一乾二淨了，但是現在這個時節，倒不必太顧慮這點。

棲息在這一帶附近的「黑熊」（**譯註：原文直譯為「月之輪黑熊」**）——就跟牠的名字一樣，牠的喉部有個半月形的白色記號，是體型較小的黑熊。這裡還有那種稀有的、喉部沒有新月記號的熊，牠們全身漆黑，從前人們總認為牠們是「神的僕人」。好幾年前，我曾將這些「神的僕人」從危險的處境裡解救出來，照顧了牠們兩年左右之後，送到秋田縣的熊牧場去。

然而最近越來越常看到奇形怪狀的半月形記號黑熊——半月的形狀不完整的、只有肩膀有白色斑點的，各式各樣。即使白點比較大的熊，體格看起來健康的也很少，在地上發現的腳印也幾乎都是小型熊的。據長輩們說，熊的體型似乎一年比一年還小了。我心裡一直存在著不可抹滅的壞預感，這不正是由於熊的數量減少，導致近親交配的情形越來越多所造成的嗎？

現在最需要去做的事是進行正式的學術調查。捕捉處於繁殖期之前的熊，採集牠們的血液樣本，並且在牠們的脖子上裝追蹤器。難道沒有有志於生物學、和我有同樣想法的年輕人嗎？在加拿大，一有這種實務操作的機會，研究所的學生們就會非常踴躍地自告奮勇。

本地人常異口同聲地說：「熊多得不得了！」但是我不同意這個說法。那是因為熊為了覓食下山來，被人們見到的機會變得比以前多的緣故，不是嗎？如果還是不針對熊和其棲息環境做全面性的調查，市公所又繼續發放驅逐害獸的許可證，地域性的物種滅絕，恐怕是一定會發生的。

從前，九州也有許多熊棲息。證據就是當地留下了「熊本」這種地名，然而現在九州地區的熊已經絕種了，這是眾所皆知的事。難得一見的原始森林也從邊緣開始逐漸變成只有杉木的單一植物森林，這結果應該也是必然的吧！

木蘭花的葉子

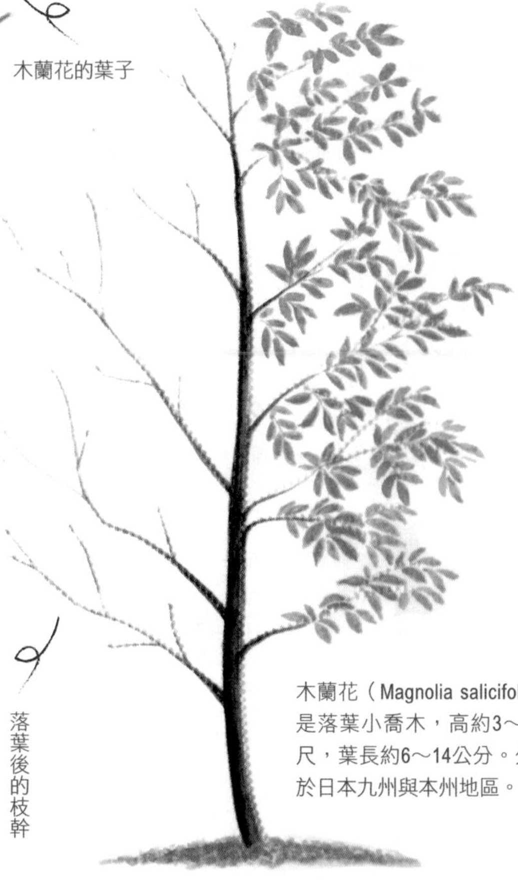

落葉後的枝幹

木蘭花（Magnolia salicifolia）是落葉小喬木，高約3～4公尺，葉長約6～14公分。分佈於日本九州與本州地區。

幾年前，九州一個老獵人攻擊熊的傳言，在媒體之間鬧得沸沸揚揚。那或許是九州最後一頭熊也說不定。早該更積極地保育熊了。而因為這件事被責問的老獵人後來還這麼解釋——只看見面前有隻大型動物，也不知道那是什麼，就不管三七二十一先下手為強了。

我擁有狩獵執照七年了。法律上應該有規定必須先確認攻擊自己的是什麼動物，才能扣板機吧！總而言之，對於這個男人，媒體不僅沒有給予任何譴責，竟然幾乎都視他為英雄。黑姬這裡也有類似的情形。在某一個筵席場合當中，我就曾經聽到一個男人當眾誇耀自己一天就獵到了三隻熊。

「哦？真的啊？」我說，「不過事實上，你只是拿一頭母熊和兩頭小熊當作槍靶吧？竟然還敢說自己是獵人，你這樣豈不是假狩獵之名，行殺戮之實嗎？」

當然，獵人並非全部都是這樣的。我的朋友們，個個都是有良心的人類。但是，本地的獵人超過半數都和那個人一樣表裡不一，這也是事實。那些傢伙一看到獵物就開槍，即使覺得那好像是保育類動物，他們也不管。這都是因為日本並沒有設置負責取締惡質獵人的觀光勝地或野生動物保育官的緣故。

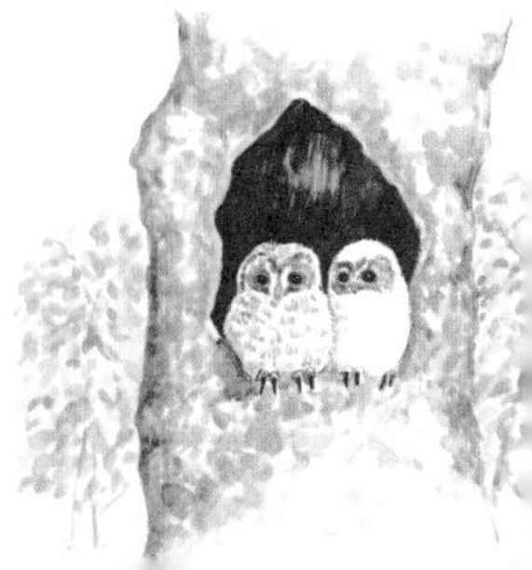

國家在給予狩獵許可時，不先對獵人紮紮實實進行地道德教育，讓他們體會到一個持槍者擁有的榮譽感和責任不可。不僅如此，發放執照所收取到的費用，應該運用在正式的生態及環境調查、野生動物的保育、森林管理等活動上面。

雖然擁有充足的力量，卻完全沒有反映在行動上——這正是日本的現狀。

空罐子

前陣子我和好友倉本聰先生為了拍攝電視廣告，到熊本去了一趟。那是一支傑作，一支火腿的宣傳片。在英文中，不用蘿蔔而用「火腿」來形容菜鳥演員。而我們雖是名副其實的「火腿製作」（ham），卻被大肆嘲弄為當代日本的代表性名腳本家。實際的拍攝工作在阿蘇進行，而我們順道在熊本停留了一日。那裡是沿著日本群島南下綻放的「櫻前線」最終點。

我的祖國威爾斯以人口比率計算，堪稱是「世界第一多城市」的國家。不過，即便是在如此具有指標性的威爾斯當地，也很少有足以和熊本城匹敵的城市。要了解熊本城（隅本城）的歷史，必須從現在上溯到十五世紀，最初的築城者是出田秀信。一五二五年，鹿子木親員再修築，其後，從大友氏手中傳給了島津氏。

一五八七年，九州征伐結束後，豐臣秀吉把這個城賜給了佐佐成政。隔年即易主，由加藤清正擔任城主。而清正公則在一五九九年開始著手修築熊本城。這位名將不僅擁有治世的才能，更具備築城，也就是工程學的長才。唯一令人費解的是那

頂「頭盔」。不知道清正為何那麼喜歡戴頭盔呢？明明就是戴著輕輕點點頭就會脖子扭斷似的、非常難以維持平衡的一種東西哪！

沿著近代築的橋往城裡走，會看見幾乎要與天齊高的石牆。那確實十分筆直陡峭。這一點從一八七七年西南戰役發生時，西鄉隆盛擁有槍卻無法攻下這座城來看，就可以徹底了解了。

那座石牆又高又陡，而且非常堅固，據說甚至連老鼠也無法攀爬。然而由於入口的通道設計得相當隱密，即使敵人有辦法攻進來，也無法抵擋武器從隱藏在石縫間的射箭口和鐵砲口齊發的攻勢。

一旦進入城內，就該張大眼睛瀏覽當季的園林風光。而有什麼時節，比櫻花爭相齊放的燦爛花季更適合入園參觀呢？況且園內的古楠木也十分宏偉，其中甚至有高三十公尺以上，樹齡超過六百年的老樹。雖然城中心正在修整，無法進入，但是花個兩個鐘頭，在庭園裡慢慢閒逛，也會擁有無比的收穫。

一六三二年熊本城進入清正之子——加藤忠廣的時代。後來細川氏入城，終於進行了維新。其後，據說細川一族全部搬進城後富麗堂皇的大屋裡居住，屋宇中央改建為佛寺，其中有著供奉祖先靈魂的堂舍。

倉本先生、我，以及廣告監製三個人，獲得了一次千載難逢的機會。那個宅邸的主人、細川家第十八代繼承人細川護熙大人，邀請我們吃晚餐。到熊本縣以外的地方，還是稱呼他為「日人新黨黨首」會比較好吧！

眾所皆知，進入知事（**譯注：日本地方最高行政首長的統稱，類似臺灣地區的縣市長**）時代的熊本縣推行著一貫的環保政策，而且當局和主張加強環境開發的人士之間衝突不斷。從細川先生溫和而不裝腔作勢的口吻中，可以感受得到他強大的意志力。他是我截至目前為止遇過的人當中，擁有最優美、最清晰的微笑的人，即使和他分別了，他的笑容依然能鮮明地浮現眼前。

被細川賢伉儷打從心裡發出的溫情感染而感到身心舒暢的我們，一邊藉著日本料理和日本酒鼓動味蕾，一邊肆無忌憚地談論著這個國家現有的環保問題和政府因應的對策。對我而言，跟政治家這類的人物如此推心置腹地交談，不僅僅是在日本，在任何國家，都還是第一次。

我自己至今為止一直都對政治不聞不問。因為無論如何，雖然和此地的人們同在日本生活，但我們外國人是沒有選舉權的。然而若是能夠投下神聖的一票，我倒是相當期待由日本新黨來領導國家。日本當局直到目前，不論是在國內外，都一再地破壞著自然環境。循著這些惡行追本溯源，必定會發現政治家們若隱若現的身影，而且他們的身上還會因為「污職」而散發出一股股的惡臭。在宛如住滿了各種妖魔鬼怪的政治界中，日本新黨肯定會像一陣清新的涼風，名如其實地吹進其中。

從黑川的溫泉鄉出發，沿著阿蘇山下行，往熊本去。望著那直立下切的斷崖和山麓下遼闊的草原交織而成的壯麗景觀，我眼前也浮現了遙遠衣索匹亞的西米亞（Simian）山岳地帶那懸崖斷壁的景色。

果真是絕景……想要這麼說，可是觀光客亂丟的垃圾卻讓我把這句話給硬生生吞了回去。在車子禁止通行的地方，大家都是高高興興走出戶外來享受自然風光的吧？然而在這種風景區裡，卻到處都看得到堆積如山的空罐子。就連車道的兩邊也有，走到哪裡，空罐就被隨意丟棄在哪裡。

當我聽到三得利和日華準備推出「罐裝的摻水威士忌」時，不禁有一種無語問蒼天的感覺。我心裡想，如果真要這樣，就不要讓空罐子污染大自然！

我也和細川先生聊起了如何回收被亂丟的空罐的方法。

那是我在衣索匹亞的塞米恩國家公園擔任園長時發生的事。英國某知名大學的生態調查團曾到那裡參訪，一行人停駐又離去之後，露營地簡直就變得像垃圾堆一樣。我將空罐子、空瓶子、空盒子，甚至是煙蒂等，那些傢伙所留下來的垃圾，一片也不留的一一撿拾起來集中在一起，仔細地捆好，然後用空運寄回那所大學。隨件還附了一封很慎重的信，給大學的學院長。字面上看來是這樣的：「貴校調查團的同學們，把一些東西忘在塞米恩國家公園的高原上，謹此奉還。」不久，我從學院長大人那邊領受了回信，一封低聲下氣的致歉信。想必調查團的那群小夥子，肯定吃了學院長一頓排頭。

雖然這是一個很極端的例子，但是卻清楚說明了「垃圾要由製造的人自己收拾」這個原則。以空罐子來說，由從它身上獲益的製造者負擔回收和再利用時所需的費用，這不是最公平合理的嗎？至於三得利、日華或可口可樂之類的製造商，是否也應該參與回收工作，各位有什麼看法呢？

好了，差不多是該揹上行李，出發回東京的時間了。窗外正下著夾著雪霏的

雨。乍然一看，靠窗最近的樹上，棲息著一隻藍烏鴉，在寒空之中，牠看也不看我一眼，只是一心不亂地專注啄著在枝頭上爬行的小蟲子。雪融水注入了河川中，河川滔滔地流動了起來，河底的石頭跟著滾動，那空隆空隆的聲響，甚至連這裡都聽得到。那麼，就先泡個熱水澡讓身體溫暖起來，然後喝杯可以振奮精神的啤酒之類的飲料，再出門去吧！

松鴉（鴉科），長33公分。有將橡樹果，儲存在樹洞間隙或地底的習慣。

山的可怕

我第一次拜訪日本，是在一九六二年十月的時候。就在那之前，我在加拿大北極地方的得文島駐留了十九個月。已經遠征北極多達三次，我對於自己的體力和對雪的知識及了解度都相當有自信。秉持著那份自信，我開始有了將來一定要在某一個十二月上旬，獨自一個人登上富士山頂峰的念頭。

甚至連跟我很熟的日本朋友們，都不認為我能夠實踐這個想法。因為他們說那個季節的富士山雪積得非常深，氣候也相當寒冷。然而，我並不在意這些。我總是說，什麼嘛！我這邊可是有在北極生活所用的道具的喔，只要有那個，就什麼都不用怕了啦！

後來，以悠閒的步伐慢慢登上富士山十分之五高的地方的我，在那裡過了一夜，並且打算翌日早晨出發攻頂。

然而我借宿的山中小屋的主人——一對老先生和老太太，非常頑固地堅決不同意，他們所抱持的理由是我既沒有防滑鐵釘，也沒有冰杖。而其他的登山者也異口

同聲地反對我這有勇無謀的行為。結果是我一度回到東京，買了防滑鐵釘和冰杖，兩天後重新踏上攀登富士山的旅程。

我又回到起始點，從山梨縣的富士吉田登山口出發，再度爬上整座山十分之五高的地方。然後，如預期般地迎接隔日早晨的到來，不過這次，小屋的老夫婦依然擋在一心想要攻頂的我面前。

他們說，無論如何都無法贊成我一個人出發去登頂。而當時的我卻認為那種想法太愚昧了，因為那只不過是富士山而已啊，不是嗎？本人可是北極長征的老手呢！登富士山這種小山對我而言，就像健行一樣輕而易舉啊！

抱持那種想法的我在登頂時突然遇上一陣強風，並且因此而腳步打滑，而那是在我才剛剛上山四小時的時候所發生的事。如果我不是靠著新買的冰杖遏止往下滑的腳步，也許我當場就會命喪黃泉了吧！

那一天我會死心，無非是因為後來遭受了更強烈的攻擊。當時風越吹越猛烈，而且由於暴風雪不斷迎面颳過來的緣故，周遭的能見度僅僅剩下眼前的兩、三公尺。所以坦白說，我後來終於真正登上這座「不過如此」的富士山的最頂峰，是抱著誠懇的態度，第三次攀登這座山時的事。

從那之後，和日本朋友一起登上阿爾卑斯山頂峰以後，我更是開始對日本的群山深深地敬畏起來。

一九八〇年起移居黑姬山麓的最初七年，我能到山裡去的機會也只有參加獵友會的活動、和獵友們同行時而已。偶爾要一個人上山，也必定會先慎重地整治裝備，並向當地人確認過天氣狀況之後，訂定萬無一失的登山計畫再出發。日本每年冬季，登山遭遇山難的新聞總是不斷。而且，有幸大難不死、沒浮出檯面成為新聞事件的例子，遠遠超出在報導裡面所看到的。

在一九九三年的黃金週裡，也發生了一宗登山者差點遇難的驚險事件。一個英國年輕人登上了黑姬山脈，據說他是打算開車到那座有名的瀑布附近，和利用假期到日本觀光的父母親會合。

自己的體魄十分良好、天空又萬里無雲，在白晝的朗朗晴空之下，年輕人意氣風發地出發了。按照預定中的計畫，差不多在傍晚五點鐘，最遲也不超過五點半，天色還是十分明亮的那個時候，應該就會抵達跟父母親約定等待的地點了。

而我接到朋友打來的電話，大約是那天晚上的九點半。朋友說，在他那邊留宿

的年輕人入山之後就下落不明了，現在情況非常緊急，希望我立刻過去一趟。我趕到朋友經營的簡易旅館時，警察和地方消防隊隊員們已經聚在那邊了，他們正在研究地圖。一聽到那個年輕人預計要走的路線，我就開始擔心起會發生最壞的情況。

在英國，人們都說一旦迷路要先尋找河流。因為只要沿著河川的下游一直走，就一定會抵達有人居住的地方。但是在日本卻沒辦法這麼順利。因為日本的溪流差不多都是穿過直立下切的岩塊與岩塊之間，不斷往前流去的。那種河流的岸邊幾乎沒有可以站腳的地方，是非常危險的。況且越往前走，路越來越陡、路況越來越差的情形也不少。

已經超出了預定需要花費的時間，而且聽說那個年輕人只著了便裝，不但沒有準備帳篷和火種這類的東西，甚至也沒有攜帶食物。

我們一路往黑姬山挺進，坐著我的車，直直開到木材輸送道路前面，進入了山區。眼前的一切依然還被雪掩埋著。在長野一帶就是這樣，即使已經聽見五月來臨的腳步，仍然到處都看得見一片片殘雪。

一發現年輕人的腳印，事情就好辦了。無論如何，可以看得出來那是個

身軀瘦長的年輕人，腳丫子的尺寸遠遠大於我。循著他的腳印一直往前走，周遭傳來了瀑布在幽谷之中沖刷、流瀉的回音。

依照年輕人走路的步伐大小判斷，他現在應該是在我們前頭好幾公里的地方。只要隔著一段距離，人的喊叫聲等等聲響，就會全然被淹沒在雪融水形成的激流當中。年輕人的父親也和我們一塊上山尋人，他的臉上閃現著恐懼、擔憂的神色，一心認定兒子必然是發生了跌落水中、摔斷腿之類的事了。

那是個將要滿月、天候穩定的夜晚。然而，越是靠近深夜，氣溫越是急速地下降，天氣變得酷寒，雪花已經完全凍結成冰了。身體假如不努力活動活動，體溫很快就會流失的。年輕人的爸爸和我一度與消防隊員分開，回家去拿電動雪橇。因為我們認為電動雪橇裝有馬達，不但比較省力，而且靠著引擎聲和上面的探照燈，年輕人也比較容易發現我們。

當我們再度回到山區來的時候，聽到有人提出等天亮以後，再改派搜索隊出動找尋的意見。但是，年輕人現在要是處於受了傷、身體無法動彈的狀態的話，我們就必須刻不容緩地找到他。而且，倘若他是迷了路什麼的，趁著黎明之前，路面上的雪凍結成平整的一片的時候搜尋，電動雪橇的操作會比較容易。

所幸那之後約莫過了十幾分鐘，年輕人就靠著自己的力量，走到了木材輸送道路上。他果然是迷了路，一直沿著溪谷往下走。發現路況變得非常艱險的時候，不再勉強走下去，決定回頭的正確判斷，救了年輕人一命。時間已經超過晚上十一點了，年輕人能夠平安無事，只能說是萬幸。他提心吊膽的雙親和我們，都大大地鬆了一口氣。

想要登山，是不可以不小心注意情況，並且仔細準備的，特別是春天時的山嶺更不能小覷。要記得山上的天候狀況和平地簡直是全然不同的，就算是黑姬山，標高也將近阿爾卑斯山最高峰朋尼維山（Ben Nevis）的兩倍。

不管怎樣，對於別人的忠告，千萬要不嫌囉唆地好好聽進去。

松鴉

濃霧

我剛剛從巡迴演講旅行中歸來。這一次我巡訪的地點包括三重縣的四日市，不過事實上，一開始我對那個城市印象並不好。因為石油聯合企業的煤煙，造成這個地區的居民容易得哮喘和其他呼吸器官疾病這件事，實在是太過有名了。

從我的故鄉威爾斯南部的尼斯到天鵝海（Swansea）一帶，有許多大型的石油煉製廠。我的叔叔弗雷頓，一直到因為癌症過世之前，都在那裡的煉油廠工作。從前叔叔曾經帶我和爸爸進去煉油廠裡面參觀過。當時由於覺得裡面的惡臭實在是太強烈了，我開始徹底討厭起煉油廠裡面的氣氛。從那時候以來，只有對那個臭味，我再怎樣也忍受不了。因此，想到四日市那惡名昭彰的空氣污染，我實在是避之唯恐不及。

但是，城裡那乾淨的空氣卻令我大吃一驚，即便是跟長野的相比，也絲毫不遜色。本來已經做好會聞到飄散在空氣中的藥品惡臭、雞蛋的腐壞味等臭味的心理準備了，沒想到卻出乎意料之外的清新。據當地人說，因為社會輿論高漲的結果，石

油聯合企業也為了防止空氣污染和清淨空氣這類的事，付出了最大程度的努力。那是有意義的，如今空氣已經改善到在四日市這裡，也看得見可以媲美長野縣松本市的美麗星空了。聽說聚集了全國兒童的大規模運動會，在緊臨石油聯合企業旁邊的地方舉行時，也沒有任何一個孩子抗議身體不舒服。

根據我從環境廳前幹部那裡聽過的說法，在全世界的先進工業國家中，並沒有像日本這樣積極開發「除煙裝置」的國家。現在和一九七〇年代剛開始的時候比起來，空氣污染的問題確實已經改善很多了。還記得那個時候，每回光化學濃霧擴散時，警察就會在東京都各個區域巡邏，用擴音器向居民喊著把門窗關上。

我當時也還是個大學在學學生，和其他大部分的留學生一樣，到處兼差打工，當起英文老師來。我任教的場所，偶爾也會包括大型化學企業的東京總公司。當時去到那些地方的我總會想，應該教教學生們跟空氣污染和水污染有關的專業用語。然而當我第一次把那些單字寫在黑板上時，馬上就有一個課長級的學生從座位上站了起來。他說：「不管是空氣污染和水污染，都跟我們的日常業務沒有什麼關係，應該沒有特別去記的必要吧？」面對那嗤之以鼻的態度，我不知不覺火大起來。「笨到無藥可救！我可沒有那個閒工夫在這裡理你這種笨蛋！」

就因為講了這些話，我馬上就收拾行李，捲鋪蓋走路了。不用說，我是因此丟掉了一個飯碗。

但是，如果這些字彙到頭來真的演變成腳氣病之類的「公害病」的話，到底能不能說是跟他們「沒有關係」呢？在七〇年代的東京，幾乎每逢太陽光毒辣發散著的酷熱之日，居民們就相繼表示自己身上出現了不舒服的症狀。找出那個元兇實際上就是煉油廠排放的煤煙和直射的日光混合，所產生的「光化學濃霧」，其實也是事發之後不久的事。在東京都內巡迴的巡邏車，連續好幾天都呼籲市民要小心注意。雖然現在情況依然不變，汽車等東西排放出來的一氧化碳嚴重污染了空氣，不過就最大的污染源——工廠所排放的廢氣而言，確實已有相當的改善了。

說起「濃霧」這個字眼初次在我的人生中登場，是在我還是文法學校（英國大學預科學校）的學生——差不多是十一歲左右時的事情吧！當時是一九五〇年代初期的英國，老人或哮喘病患者因為吸入過多濃霧致死的消息時有所聞。那種又厚又凝重的濃霧層一瀰漫開來，時常造成伸手不見五指的情況，眼前好幾公尺什麼都看不見。那是我十七歲時的事情吧？因為濃霧實在太重，我也曾經有過引導朋友開車

的經驗，我還記得我手裡拿著懷燈，沿著道路邊緣一步一步往前走的費力模樣，以及手將要觸摸到路面標誌之類的東西時的感覺。

以英國的情況來說，製造濃霧的主要元兇是每一個家庭都有的暖爐。我小時候，早上起床後要做的第一件事，就是清出暖爐內的灰，然後點上火。這是我每日的功課。先放進揉成一團的報紙和削得細細的引火木條，接著在那上面小心的放上煤塊，而後點火。就這樣，起居間溫暖的爐火燃起的瞬間，從各個家庭的煙囪裡一起噴出來的煤煙，把天空燻得烏漆抹黑的。

要是火沒順利點著的話，那一定是不乖的孩子們偷懶沒照步驟來的關係。要讓火苗從爐底經由煙囪順利地竄上天空，一定要先把報紙攤開、完全蓋住暖爐正面才行。等到確實聽見爐火滋滋燃燒的聲響時，十之八九就能確定火焰已經延燒到攤開的報紙上了。這是非常危險的做法。那是拿出長柄的叉子串起麵包或鬆餅，用暖爐的火烘焙、或把栗子丟進爐子裡，等著它爆開的時代。正因為如此，從好幾十萬戶人家的煙囪裡竄出的煤煙，與英國特有的濕霧結合在一起，引發了嚴重的空氣污染。人們的健康遭受損害是必然的，甚至連建築物也受到波及。建築物污損、毀壞得相當厲害，而剛剛才洗過曬乾、卻又沾上煤灰的衣物，則讓家庭主婦欲哭無淚。

不過即使如此，在那個時代裡，要是有說出「應該要限制都會家庭的煤炭使用量」這類話的人，大家大概都會一笑置之吧！然而那之後，英國人的生活形態也改變了，到現在，五〇年代的「濃霧」也已經成為過去的東西。我認為針對汽車排放廢氣會造成空氣污染這件事情，以個人做得到的範圍來說，應該還是有相當程度的改善空間。當然，開發替代石油的能源的工作也一直持續在進行中，不過，那種新能源的普及率應該需要花上好一段時間吧！電動汽車和太陽能汽車就是這樣。既然如此，眼前究竟要如何減輕廢氣排放造成的傷害，成了最大的課題。

在因緣際會下，我獲得跟日本最具代表性的汽車製造商的高級主管，促膝長談的機會。我們談及像東京這種大都市塞車時產生的副作用：那好幾臺連接成一串、呈現空轉狀態的車子，吐著相當大量的廢氣。於是我試著提出了「和太陽能汽車合體」的方案。我問，可以開發車頂和發動機罩以太陽電池取代、一進入空轉狀態，就自動切換到不會產生公害的太陽能發電的這種車嗎？對方答說在技術上雖然可行，但卻必須花費相當大的成本。然而考慮到將來我們的健康，甚至能源危機等，絕對應該進行高額的投資。日本的汽車業界雖然也非常有熱忱地在做報廢汽車的回收工作，但是只要檢視一下現狀，就會發現還不是做得很徹底。稍微到郊外去走走

看看，應該就會發現道路兩旁多得是被隨意丟棄的車輛。「假如之後把銷售價格再提高百分之十的話，能不能促進回收率？」我試著提問。對方很用力的想過之後回答道：「Yes！說不定，所謂的『零件再利用』這件事會變成一種可能喔！」但是，消費者大概無法認同價格那樣上漲吧！最後他下了這個結論。如果是這樣的話，就要說到讓他們接受為止。

與二、三十年前相比，我們的生活水準確實大大地提升了。如果思考一下收入提高的速率，就會發現不論是自用車或是大貨車，都已經不是以前那高不可攀的「高原之花」了。日本的確已經變得豐衣足食了。然而，雖然大家都樂於見到這個結果，但是得意洋洋地把新車開回家之後，有多少年輕人是真正能全然發揮它的效用的？若是車的賣價提高，消費者買車或是換新車的速度大概就會稍微控制一下了。因為「身分不相稱」的緣故，莽撞的年輕人想要買車也不會被父母允許，理所當然地，車禍的犧牲者也會跟著減少。而由於回收工作做得徹底，因此減低了對於國外資源進口的依賴度。而且，在改善環境這方面真的能發揮很大的價值，這豈不是一石三鳥之計嗎？

政局混亂的狀況蔓延下去，會造成國家腐敗。據說大工程的背後，在官僚、政治家、建設業者和暴力集團之間流轉的金錢，浪費了大約百分之十的總預算。因此，如果能撥出建造旅館等地方的休閒設施或是政府機關的廳堂時的百分之十的總預算，空氣污染和水污染將可以獲得何等大的改善哪！甚至可以達到高於目前環境廳所設定的、十倍多的潔淨水準。即使同樣是「錢」，因為用法不同，也會造成「黃金」和「糞土」的差別。我們不僅僅可以讓珍貴的水資源擁有再度被利用的可能，也可以阻止產業廢水流入河川或近海污染水源。這樣一來，也就不會有因為水裡含鹽酸等化學藥品的關係，讓魚兒遭受死亡威脅的事情了（就在前一陣子，發生了魚兒因為碳酸鈣而大量死亡的事件，究其原因，竟然是出自市民們喝的飲料！）

和好朋友舉杯對飲的時候，雖然已乾掉了半瓶的威士忌，但「還剩半瓶喔！」我心裡突然浮現這個反叛的聲音。截止目前為止，以及從今而後的日子裡，我都想要保有這種批判的思考模式，即使一直、一直往壞處想，發現自己在白費力氣，也沒辦法。因為我們自己呼吸的空氣、喝的水，必定只有靠自己的這雙手，才有辦法守護。我，願意保持著這個信念！

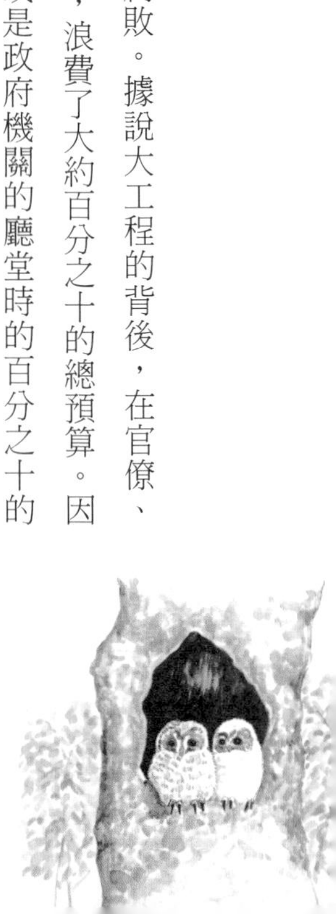

夏

Summer

因為長出了好幾種紫蘿蘭，
大地看起來宛如全面鋪上了絲絨地毯一樣。
其他還有開著惹人憐愛的小白花的一輪草、
金黃色的立金花等等。

蚊蟲叮咬

最近這三年，每到夏天我都會到加拿大的北極地方度過幾個月，將當地的風景名物拍攝下來，和伊努伊特人共同生活，愉快地操縱著獸皮艇四處旅行。就算是這麼強壯的我也是一樣，幾乎每次都會被一大群蚊蚋叮咬。雖然不是要緬懷，也不是要說什麼恭維的話，不過，那成群的蚊蚋，真的可以說是一首北極夏天的風物詩。

被蚊蟲叮咬這件事，以黑姫山為首，在全日本，不管走到哪裡都會發生。東京的蚊子，就算是在高樓大廈中也會繁殖。相信應該有很多人都知道，日本腦炎是以蚊子為媒介傳播的。既然如此，就不要小看被蚊蟲咬傷這件事。另外，雖然愛狗人一直致力於預防會寄生在狗心臟裡的心絲蟲，不過心絲蟲病再怎麼說還是蚊子造的孽。

然而一聽到蚊子就會皺眉頭的人，恐怕對於「蚋」（小蚊子）卻出乎意料地完全沒防備。這個時期的寒舍，可說是一年之中來訪客人最多的季節，所有來拜訪我的人，個個都想到森林裡去散步。其中甚至還有想要藉著到森林裡工作流流汗的強人。每一次我都會提醒他們務必要穿上長褲、長袖上衣以及襪子。特別是在傍晚或陰天時，尤其應該注意。

因為採取「疏伐」策略（在過於茂密的森林中砍掉一些樹）而新長出綠草的森林空地。

蚋的體長約二到六公釐，在寬度狹窄、流速湍急的清流中大量孵化的幼蟲，尾巴會呈現圓形的吸盤狀，藉此吸附在水中的物體上。當要離開那個物體時，會拋出一條細如絹絲的救命繩拉住，避免自己被流水沖走。而為了要覓食，牠們的頭部長著兩根細細的扇形小刷子。變成蛹的時候，會在河底或岩石、砂礫的側邊作繭，其特徵是擁有一條白色的呼吸線。

叮人的時候，會吸人血的一定是母的。問題在於人被叮到的時候，幾乎都是不知不覺的。而因為分泌物從傷口進入了體內，所以大多數的人都會感到很不舒服。我常常看見腳踝腫了一個包、被叮咬的傷口嚴重到潰爛的人。好幾年前，有個小姐把我的叮嚀當耳邊風，逕自穿短褲到森林裡去。只是在一瞬間不小心被叮到的她，陷入了休克狀態，被抬進了醫院。

在英國，皮膚因為蕁麻疹而發炎的時候，會用酸模葉治療。被蚋咬傷的特效藥是艾蒿。將艾蒿的嫩葉揉一揉後拿來擦拭傷口，疼痛會得到相當程度的緩和。如果因為癢而忍不住去摳的話，傷口會留下疤痕，讓人欲哭無淚，這點務必要注意。

話說回來，剛剛說到的那個小姐雖然平安無事地從醫院回來了，但果不其然地，整個人因為太癢而快要發狂。全身無一處沒被叮到，這也是理所當然的。於是

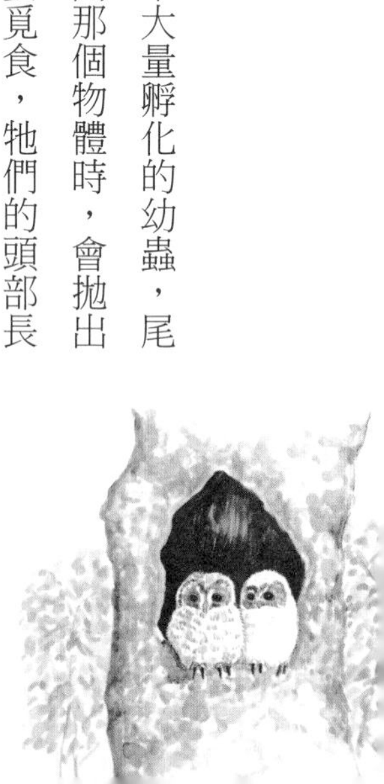

我趕緊去摘了一堆艾蒿葉回來，放進大鍋子裡加水煮沸後慢慢煎，然後再注入洗澡水裡面。泡一下熱艾蒿草浴，起身後不要馬上泡冷水澡，而用冷水淋浴，只要這樣反覆做幾次，癢就會大大緩和下來了。這是被蚋以外的蚊蟲咬傷或皮膚發炎的時候，也十分值得推薦的做法。雖然我只是建議那位小姐，如果不想拚命地摳傷口的話，就跳進浴盆裡泡泡澡，但那是很有效的——結果，她一個疤痕也沒留下。

讓孩子們到森林裡去的時候，也務必要十分小心。不得已一定要穿短褲去的話，最好先噴一噴防蚊液。除此之外，不得不小心謹慎的昆蟲還有虎頭蜂。這種傢伙非常具攻擊性，一被牠們螫到，傷口就會馬上紅腫像被灼傷一樣，而且會有如被刺了一刀般劇烈疼痛起來。相對的，蜜蜂就不一樣了，有可能重複螫你螫好幾次。穿出去外面脫下來的衣服或鞋子要特別注意。我曾經不以為意的想，絕不會有好事者飛進我的靴子來，結果卻因為顏色太過鮮豔，而被虎頭蜂叮上了。被螫到的腳腫得跟足球一樣大，整整兩天，腫脹都沒辦法消除。

虎頭蜂非常喜歡在人的房子前面築巢，其誘因是被門上明亮的燈或窗戶吸引過來的昆蟲們。林業家松木先生是摘除虎頭蜂窩的名人，我在這方面則非

常不拿手。即使穿戴養蜂人專用的防護網全副武裝，依然怎麼樣都搞不定。我還曾經被那些傢伙、我自己養的蜜蜂螫過。也常常有在蜂箱的入口處等待時，被剛剛飛回來的傢伙們，一個接一個血祭的情形。雖然要如此小心築在森林裡的蜂巢，對於摘除下來的蜂窩也萬萬不可大意。

提起蜜蜂的小孩，那可真是人間美味。以長野縣民為首，從古時候開始，蜜蜂幼蟲就是在山裡生活的人們餐桌上不可或缺的食物。一聽到要吃蟲，大部分的西歐人大概都會別過臉去吧！而那些到我們家來玩的朋友，也幾乎都是一聽到是蜜蜂的幼蟲，就感到噁心。即使是日本人，覺得討厭的也不少。然而，只要硬著頭皮、捏著鼻子吃一口，那意外的好滋味，可是會讓大家忍不住讚嘆的。

除了蜜蜂以外，我還養了鯉魚。一開始，我養在自己打造的兩個池塘裡。由於水質優良的關係，養出來的魚味道最棒，加上釣場的地形絕佳，非常受帶著孩子來玩的客人歡迎。繁殖也順利得不得了，到頭來甚至因為寧願不要再增產，而不得不抓一些起來。

我養鯉魚的方式是模仿在英國曾經看過的一個做法。那個魚池的主人，在離水面好幾公尺的地方裝了一些小小的電燈泡。他的訣竅是讓小蟲子因為光線而聚集過

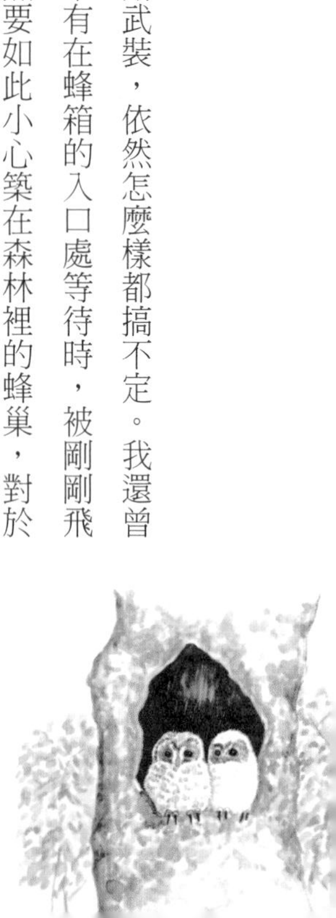

來，然後掉進池子裡去，就這樣成為魚的飼料。不過，在黑姬山要採用這個做法反而可得小心。因為小蟲子聚集過來的時候，虎頭蜂也會現身。想要把那些傢伙當飼料吃的鯉魚，是會被蜂針螫到而一命嗚呼的。千萬要注意，要是放任這種情形不管的話，可是會害死很多鯉魚的。

這個時節，也是苦惱蛾的季節。我總是不厭其煩地叮嚀來訪的客人，千萬不要忘記關門，或開著窗戶不管。因為假如不這樣的話，我家會立刻被蛾攻佔。其實只要不飛進房子裡面來，我都無所謂，但是婦女們卻似乎非常討厭。那蛾是那麼用心的紡著絹絲，那樣厭惡牠們，不是顯得有一點薄情嗎？

還有一個要小心的害蟲是金龜子。本地人稱牠們為「放屁蟲」，那是因為牠們一察覺有危險，鼻管就好像會立刻彎起來似的，噴出臭氣來。如果不小心讓這種傢伙飛進便當盒裡面去的話，不要驚慌，悄悄地將牠抓出來，或者眼明手快地將牠放走——這兩個方法都是一樣的道理。那種「放屁蟲」總是在我書房的物品上繞來繞去，非但如此，還來來回回地飛著。說不定，牠意外地聞到我放的「臭屁」時，會把我視為一個好對手呢！

野尻湖

我家位在距離野尻湖約十五分鐘車程的地方。一九八〇年，我來到黑姬山這邊定居的時候，聽到從未有人對這個湖做過二十四小時的生態調查時，吃了一驚。我心裡想，野尻湖這地方，不是長野縣不可或缺的水源之一嗎？那時候，野尻湖已經出現「有機污染」的徵兆了。因為微生物大量增加，促進了湖的有機化，水中的含氧量越來越少，破壞了湖中的生態平衡。

我一而再再而三地向市長及地方政府各方面的相關人士，表示想進行湖泊的生態調查，而且如果有需要，我也願意視情況提供一部分的調查資金。加拿大的「淡水研究所」專門經手這種調查，我甚至提出招募一些那裡的新手研究員的建議。因為我深深擔憂著，再這樣下去，野尻湖就完蛋了。為了防範未然，及早進行生態調查並查明污染源是有必要的。然而市長和那些官員們，卻沒有將我的話聽進去。

兩年之後，有人在野尻湖挖掘化石，造成湖的水位下降。而且，考古學家和工作人員在汙泥中發現的，並不是諾曼象的骸骨，而是一根排水管。那東西是某一間歷史悠久的民宿，排放廢水到湖泊裡用的。雖然怎麼解釋那都是不合法的，但是那

間古民宿是長老級的，似乎沒有人打算修建它。

我借用了森林的一角觀察野尻湖。好幾年前的一個夏天，我就造了一條小小的扁舟，縛在海灣上。湖上，從小舟到水上餐廳，所有湖面上擁有的一切都能浮現在我的眼前。由於我那一葉扁舟可不是像船那種龐然大物，所以我想應該也不會是問題的來源。然而政府機關連一個理由都沒有給我，就逕自沒收我的小舟，作為處分。就算是我不小心觸犯了我所不知道的規定，也不該用這種方法處置我吧！無論如何，我都是黑姬山的居民之一，在擅自拿走我的小舟之前，不是應該先勸導我一下嗎？

談到規定，也發生過這樣的事情。我召集了八個朋友，一起撿拾被海浪沖到岸邊來的垃圾，替借用來的土地進行大掃除。旁邊就是青山學院大學的腹地。我從前也曾經在機緣之下到那裡擔任過講師，大學裡那些鄰居們因為情誼，也好心過來幫我們整理垃圾，沒想到，這樣也違反了規定。森林的管理

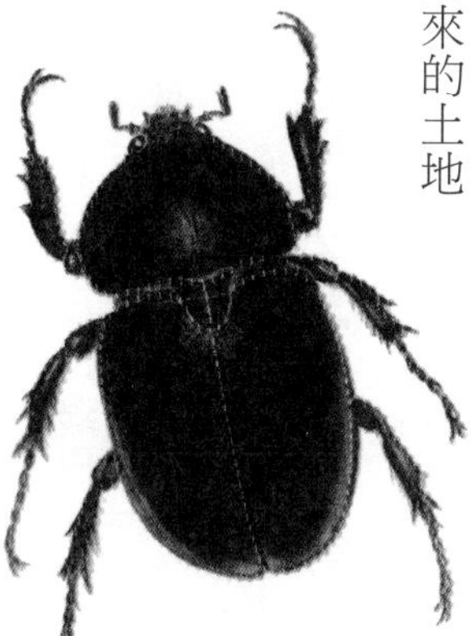

雌性獨角仙體長3～5公分。看起來跟金龜子沒兩樣。

者飛奔過來，立了個大大的「禁止進入」的牌子。然而他們並不是利用船或大卡車辛苦地把垃圾搬到城裡的垃圾場之後才那麼做的，而只是把垃圾原封不動地推回去。什麼嘛！丟在那裡什麼也不管，很快就會變成垃圾山的。我發現政府每年都在重蹈覆轍。

不管是哪裡，到處都是規定！對於湖泊，如果非得要制定那些規則的話，那麼就要訂下更好、更詳盡的細則才有用。不過，像那種明顯有用的規定，對於有錢人或地方的有力人士而言，似乎也不太適用。

現在，湖中也正好有一艘叫做「風雅號」的大船停泊著。這艘船在五月中旬才剛剛舉行過下水典禮。聽說這個全長二十九點五公尺、寬九公尺、重量達一百九十噸的龐然大物，花費了四億兩千萬元去建造。在遠遠超越條例制定基準的船身上，傾出如此鉅大的金額，想必出資者相當具有自信吧！原本法律明文規定著，船隻的最大重量不得超過九十六公噸、全長不得超出二十八公尺。那位船主一定是不屑一顧地覺得那種法條怎麼更改都可以吧！令人吃驚的是，據說連地方政府和警察機關中的相關人士，都被邀請來參加七月十七日在船上舉辦的舞會呢！

那些開發者看見白花花的銀子，無論是法律還是規定，就全都可以統統丟一邊

了，不是嗎？一想到要造滑雪練習場，就毫不以為意地把珍貴的原生林砍個精光，還在雪地上四處潑灑硫酸銨。因為這兩個動作的加乘效果所引起的水污染，現在正時時刻刻在惡化中。目前的狀況是，不管在法律上再怎麼去提倡要確保水質，對於那些大企業，還是發揮不了一丁點效力。

說起企業，做任何事的一切前提都是賺錢，除此之外沒什麼好說的。現在野尻湖也因為擴音器散播出來的噪音，而逐漸變得吵鬧了。有一些地方上的有志者，深刻地感覺到事態嚴重，因而試圖阻止法律條文的變更，傳閱起請願書，召集民眾簽名連署。然而「風雅號」的主人，卻堅決地忽視那樣的行動。說到底，原本的法條若是沒有受到更動，那種船根本就不會有被建造的可能。

倒不如這樣吧！就規定除了秉持著良心的漁船以外，所有附馬達或引擎的船隻，都禁止開進湖中好了。那些可以開進去的船隻之中，也包括我的船，請大家別見怪！

為了守護這個值得被愛護的湖，還是應該再制定更嚴格、更縝密一點的規定比較好。在此同時，我希望相關人員能到湖泊及其源頭附近進行二十四小時的生態調查，具體地檢討出在環境保護方面能夠做些什麼。野尻湖並不是單純的遊樂區，它對本地居民而言，除了是供給日常飲用水的水源地之外，更是一處珍貴的漁場。

然而，非常令人惋惜的，目前政府並沒有進行正式科學生態調查的打算。

我聽說再過幾年，會建造新的高速公路，而野尻湖這邊也會變成高速公路的出入口。要是那樣的話，野尻湖的寧靜和美感也終將一去不復返，那些事物將會就此與我們永別了。啊，野尻湖的命運是多麼地令人不忍卒睹！現在，等待在它面前的，是填湖的計畫嗎？

螢火蟲

外頭持續下著滂沱大雨。不過，只要雨勢一變小，田裡的溝渠和AFAN森林的小溪流附近，就會出現許多螢火蟲的身影。我心裡想，讓螢火蟲再多個幾隻也好，於是就親手挖了好幾個小小的水池。聽說不管怎麼樣，這種苦工都會獲得回報的。螢火蟲在英文裡叫做「firefly」或「glow-worm」，根據這些名字，雖然會聯想到蜻蜓等昆蟲，但實際上它是甲蟲的一種。屁股前端會發出明亮光芒的只有雌的，牠的模樣就跟潮蟲很相似。相較之下，雄蟲身上雖然只擁有一點點微弱的光，但是卻長著雌蟲所沒有的翅膀。

成蟲看起來似乎什麼東西都不吃，但是幼蟲卻常常捕食腹足綱的介類和淡水生物。近一點看，會發現牠長著一張相當可怕的醜臉。感覺像一把鐮刀的那張嘴，牢牢地把獵物銜住，然後慢慢地分泌出消化液，估算一下把對方溶化成爛泥的時間，接著一口氣吸上來。由於螢火蟲的幼蟲喜歡清澈的河流，因此也可以充當能測知水質污染度的感測器。

記憶中，在我度過少年時代的英國，不太見得到螢火蟲。因此，在日本鄉下看到螢火蟲的時候，我高興得不得了。現在即使在東京，也擁有著能觀賞螢火蟲的旅館。旅館主人專程攜帶了幼蟲回來，放入庭園的淺灘或小池子中。拜循環良好的潔淨水所賜，在這裡，季節一到就有好幾千隻的螢火蟲幼蟲變做成蟲。自然主義畫家羅勃特．貝特曼先生拜訪東京的時候，我和他兩個人曾經一起到那間旅館去，在庭園裡整整待了一個小時，度過了一個快樂的夜晚。

我有一個叫做山田真巳的好朋友，他住在飯山附近一戶農家改建的房子裡。屋後有個小水池，從山中引過來的清泉，就那樣變成瀑布流瀉在池子裡。山田家的飯廳就面對著那個水池，平日生活起居之間，總能隨意地眺望那一座小瀑布。如果他在池子裡放一些螺看看，相信不久就可以如願看到螢火蟲的身影。和朋友兩個人一邊舉杯對飲、一邊欣賞螢火蟲，度過美好夏夜——這是只有在山田家才能做的事。

某個夜晚，我對聚集在我家的朋友們談起這件事的時候，附近的一個太太吃驚地尖叫起來。那是一位從院子的修整到住屋附近的大小事，樣樣都給過我不少幫助的婦人。

「螢火蟲？哎呀，真討厭！那種東西，不過是微不足道的小蟲子而已吧？噴一噴殺蟲劑之類的東西比較好吧！」

因為地面上和半空中到處散佈著農藥，最近短短十年內，這一帶的螢火蟲應該大部分都在持續減少中。然而在我的森林裡，螢火蟲的數目卻反而逐漸在增加。即使只是在小小的一個角落堅守著那裡的自然、培育著居住在那裡的生物，也就等於是培育著這個國家的未來，我一直相信這一點。

曾幾何時，世界的潮流已經改變，人們把目光轉向了自然——發現了像螢火蟲這種渺小的生物，是真的可以作為我們的環境感測器那種重要的存在。倘若這裡有「DNA銀行」的話，就可以孕育全新的生命了，在自然美景俯拾即是的日本各地，大概也能再度看見許許多多的螢火蟲了。

我們清理河川中的垃圾，造了一些小水池和小河渠。不但注意到必須創造充足的採光，而且也沒忘記要隨處建一些遮陽板。努力的結果是到了現在，不只看得到螢火蟲，連蜻蜓和浮游，以及小紅點鮭的身影也看得到了。唯一的問題，是小河渠的水會溢出來，流到隔壁人家的土地上去。隔壁的人把長在自己土地上的樹木砍掉，然後以建築用的碎石堆出一座假山。可想而知，那座假山裡一定含有混凝土的固著劑。只要一看見那座佈滿塵埃的石頭山、越過和隔壁人家的領土界限，就會發現連那條特地打造的河渠也是，絕對會變成一條死氣沈沈的河流。

其他的小河流也並不是平安無事，有條河的旁邊就有一座牛糞山。因此，只要下豪雨，牛糞就會隨著雨水所到之處被沖刷下來，流進小河裡。在田裡可以當作優質肥料的牛糞，對喜歡清流的紅點鮭和鱒魚而言卻是大敵。最驚人的一擊，是為了防止雪融化，在滑雪場大量潑灑的硫酸銨。如此一來，水的污染源就無法斷絕了。

話說三十多年前，鄉下還殘留著豐富自然資源的那個年代，不過即使是當時，在都市居住的人當中，還是有不少人從來沒看過螢火蟲。

我突然間想起在某個夏天發生過的事。那是被一對夫婦朋友邀請，到新英格蘭的佛蒙特州整整停留了兩週時的事情。他家有棟別墅在美麗的湖泊附近。某天夜晚，眺望著窗外的朋友太太突然屏住了氣息，黑夜之中，閃動著無數的點點光輝。

「那個，是什麼呀？」

朋友將目光移向窗外：「妳說什麼？」

「你瞧，好像有什麼在一閃一閃地發光呢！」朋友悄悄地向我眨了下眼睛，說：「妳到底在說什麼啊？什麼光？根本什麼都看不見嘛！對不對，尼可？」

「是啊！我也一樣什麼都看不清楚！」

「不可能啊！就在那邊啊，你們看，全部都是！」

「啊，來了！」朋友驚叫起來，「她好像是看到『那東西』了！」

「什麼是『那東西』啊？」我佯裝不知地問道。

「出現了喔！那鬼火……」

「不要亂說啦！什麼鬼火！」朋友的太太大聲尖叫，用兩隻手遮住臉。然而，心裡大概還是很好奇，所以非常害怕、非常小心地從指縫之間往外看。然後，突然間深深地吸了一口氣，接著拿起一個大的果醬瓶，彷彿鐵了心似的走到外面去。

十分鐘之後，她拿著裝了螢火蟲的果醬瓶回來了。

「什麼嘛！竟然是螢火蟲！」朋友還在繼續裝蒜。「沒看過螢火蟲吧？因為妳的臉看起來實在是太驚慌了，一定是覺得看到不該看的東西了吧？瞧，這不就是所謂的超自然現象嗎？」

那天晚上，朋友的太太後來一句話都不跟我們說，大概是我們玩笑開得有點過分吧！對那個日本太太而言，看到夏夜裡的螢火蟲，是出生以來頭一遭，應該要慶賀才對，怎麼可以在那邊嘻鬧呢？她一個人倚在窗邊，好像永遠都看不厭似的一直眺望著螢火蟲。

以在傳說中登場的天狗和日本野狼為首，不知不覺中，從日本的山林裡消失無蹤的生物不知凡幾。確實，螢火蟲不過是小蟲子而已吧！不過，有辦法把螢火蟲的光開玩笑地看成鬼火的，說不定現在只有在我們家了。

要是哪一天，螢火蟲真的變成不存在於「這個世界的東西」的話，把這件事當玩笑話講，就真是太過意不去了。

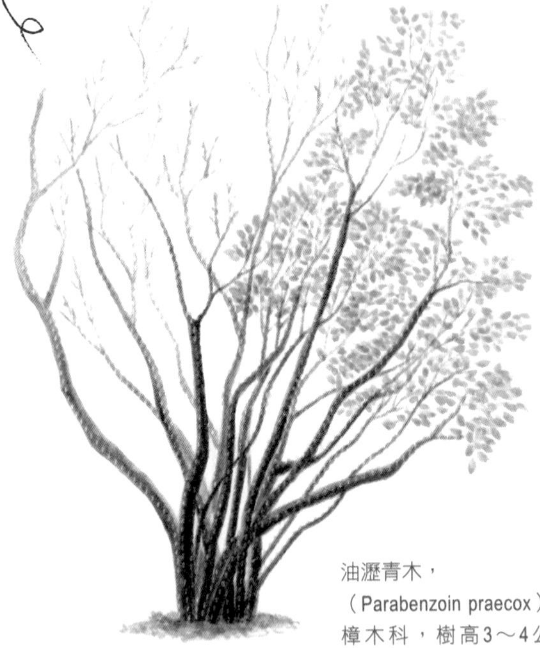

油瀝青木，
（Parabenzoin praecox）
樟木科，樹高3～4公尺，葉長約4～9公分，是雞蛋般形狀可愛的橢圓型葉。

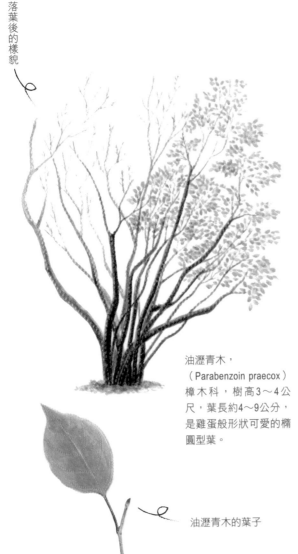

狐與狸

差不多是從一九九三年開始的吧，我在路邊看見很多凍僵的狸。一直以來，就不斷有動物遭到汽車拖行。而行動不怎麼敏捷的夜行性動物——狸，原本就很常出車禍。然而令我感到疑惑的是，即便如此，這些凍僵的狸卻沒有明顯的外傷。

後來我獲得獸醫朋友的協助，展開調查，結果發現目前野生的狸之間正流行著犬瘟熱，狸的數量恐怕勢必是會減少了。

在那些狸的屍骸當中，我發現了一張熟悉的臉。那是一隻我從前照顧過好幾個月的狸。想當初牠剛剛到我家的時候，還只是隻才出生兩、三個月的小嬰兒狸而已。聽說牠被俗話叫做「老虎剪」的陷阱夾住，拚命地掙扎。一旦被可怕的鐵嘴咬住，到頭來腿可能被尖銳的鋸齒絞斷，不管怎麼樣都逃不出去。可憐的小狐狸非常衰弱，受了傷的前腳軟綿綿的。

朋友之所以會把小狸送到我這兒來，主要是因為我家有一間特製的狸小屋。事實上，收養受傷的狸，這已經是第二次了。我在那間小屋中，特別設

計了一個比普通的籠子深處更為陰暗、人們的目光不能穿透的角落。小狸就在那裡靜靜的休養前腳的傷，等待體力的回復。我則努力維持小屋的清潔，每隔一段時間就在飼料裡摻一些含抗生素的物質。效果非常不錯，小狸不久就恢復了元氣，有辦法回到山林裡去了。

那之後又過了四年。每年我總能在下雪的季節，從地上的腳印知道小狸平安無事。小狸這樣的動物，即便受到人類的照顧，最終也不會被馴服。想不到最後，竟然是我再度用雙手親手將牠的遺骸送回土地中！照顧牠那段日子的點點滴滴彷彿重新甦醒過來，充塞在我的胸臆之間。不管是在英國還是在日本，人類和野生動物間的距離正在迅速縮短中。到鄉下去，想接近被人類馴養的家畜時，記得蒐集些廚餘——這應該是一件蠻受歡迎的事。不過，託剩飯的福而變得肥胖的小狸，卻不能斷定牠是健康的。假使讓牠去攻擊狗或小貓的話，也不能保證牠會平安無事。

一九六一年起到隔年，我以越冬隊員其中一員的身分，在加拿大北極地區的得文島停留了一段時間。在我們的大本營裡，似乎每天都會出現一個熟悉的朋友。那是一隻只有三隻腳的北極狐狸。因為牠走路的方法是跳躍式的，因此我們都叫牠「史基

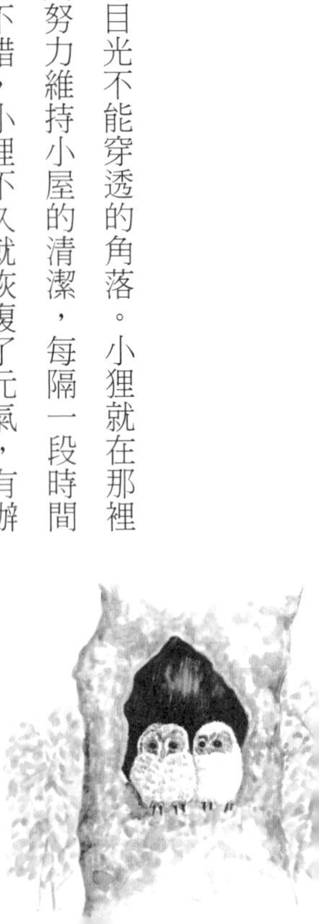

浦」（Skip）。這隻小狐狸的毛色澤純白、像棉花一樣柔軟。雖然狐狸本來就是好奇心很強的動物，但是說起這隻史基浦，牠簡直是完全不害怕人類。只要門開著的話，牠就會若無其事地進來，一屁股坐在我們面前，觀察著我們工作的模樣。

雖然餵野生動物吃東西並不是什麼值得嘉許的事，但不理會這點顧忌，卻是人之常情。不知道從什麼時候開始，隊員們開始拿東西給史基浦吃。然而這傢伙調皮搗蛋，總是愛偷襪子、吃肥皂、到處亂啃亂咬，我們這些粗魯的男人們，就被這隻可愛的小狐狸搞得天翻地覆。

不過，即使有人拿食物餵牠，史基浦也並不會因此就不想自己捉獵物。那小傢伙就好像獵人一般。春天，那個旅鼠開始在雪地下方劇烈活動的季節，觀賞史基浦打獵是一件有趣的事。只見牠身體一動也不動，頭抬得直挺挺地、一直豎著耳朵。突然之間，牠翻了個身，用僅存的一隻前腳踢開雪，往站在雪地上的獵物撲去，讓人一點也感覺不到牠少了右腳有什麼不方便的。長達十九個月的北極遠征期間，史基浦的身影幾乎從不曾消失在我們面前。

除此之外，還有一匹擁有金色毛髮的大型北極狼，也不畏懼我們。大本

營的旁邊有四個湖，我們為了替只有美軍配給罐頭的飲食生活稍微增添一點色彩，經常走到那裡去釣紅點鮭。那匹狼常常盯著正拿著釣竿垂釣的我們看。每回我們離開那裡的時候，總是會丟一些剝下來的魚頭或是魚腸子給牠。不過，我們絕不會讓牠靠近我們二十公尺以內。也曾有過牠想要靠得更過來一點，我們馬上丟一條肥美紅點鮭過去的情形。雖然我們總是準備好對牠願意讓我們在牠地盤上釣魚這件事表示謝意，然而牠始終好像都顯得老大不太情願。

對於我去釣魚這件事顯露出不尋常的關心的，並不只有狼而已。不用說也知道還有史基浦。那個鬼靈精我可不能不注意。牠老是躡手躡腳地靠近，等我目光稍稍移開，就將我好不容易釣來的紅點鮭偷走。三不五時，我還會看見史基浦被狼追著跑的樣子。雖然說狼捕殺狐狸來吃是天經地義的事，一點也不奇怪，但是每回我看見牠們互相追逐的時候，總覺得與其說那是狼在打獵，不如說是那兩隻動物在玩躲貓貓。

在北極長征的後半段日子，和伊努伊特人一起旅行的時候，我說起了這隻三腳狐狸與狼的故事，然後從他們的回應中，得到了更豐富的見聞。德高望重的獵人告訴我說，三腳狐狸和稀有的三腳狼是「勇者中的勇者」，牠們為了延續生命，自己咬斷被陷阱夾住的前腳，那就是兼具過人勇氣和智慧的證明。雖然自斷前腿的真實

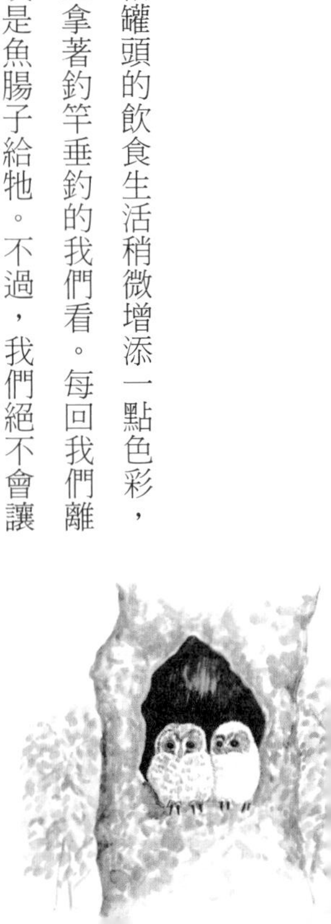

程度不得而知，不過掉進陷阱中的動物多半只能等死，卻是事實。

說到這個，我們又談起了動物與動物彼此之間，不僅僅只存在著吃與被吃的關係，偶爾也會互相幫助的話題。我也聽說時常有烏鴉替狼在空中尋找獵物，找到時出聲打暗號的事。等到獵物被狼捕獲之後，烏鴉自己則準備啄食殘餘的碎屑。

朋友西米歐尼說了一隻狼的故事給我聽。那是某個秋天，他和他哥哥兩個人到外面去獵馴鹿時發生的事。當時有狼群在他們的營區附近晃來晃去。因此，人類和狼便決定遵照古時候的方式，劃清雙方的界限。西米歐尼他們在帳篷周圍的岩石上撒了一些尿，把半徑大約五十公尺的地帶，劃分成自己的地盤。聽說如此一來，即使把馴鹿肉放在營地中，就這麼走出去的話，狼也絕不會趁你不在家時過來偷襲，把鹿肉偷走。相反地，捕到獵物的時候，暫時把一塊肉放到地盤的外面去，狼也不會忘記把它吞下肚。

然而兩兄弟卻意想不到地遇上了壞天

油瀝青木四月時開花，小小黃色花還不到1公分。

氣，足足一個禮拜都沒辦法出去。食物一天比一天減少，終於，肉也快吃光了。就在那種情況下，某天，龐大狼群中的頭頭走近他們的營區，嘴裡好像啣了些什麼東西。那匹狼在作為界線的岩石上停下了腳步，接著朝著坐在帳篷裡，在寒冷中啜飲著拉布拉多茶的西米歐尼兄弟使了使眼色，然後當場放下嘴裡啣著的東西，走了回去。西米歐尼兄弟走過去一看，發現被放下來的東西竟然是馴鹿的前腳。聽說雖然多少有些被咬過的痕跡，但卻是十分適合用來燉東西的肉。我和西米歐尼都相信，狼群們當時會這麼做，是因為知道他們兄弟倆陷入了窘境的緣故。

話說回來，我實際上有四年不曾在日本度過夏天了。因為這幾年，每年有三個月在北極生活，已經變成了慣例。而那三個月當中有一個月，完全是一個人單獨在極地旅行。把貼身的行李放上航海用的小艇後，便獨自向大海中駛去——在這種旅行中，我連槍也不帶。

截至目前為止，在好幾次的遠征和生態調查中於外地度過朝夕的我，有時候會非常不想回家，只想要就這樣躺在大自然的懷抱裡，好好感受原野的氣息。每當與自然合而為一的時候，我便會發現不管是鳥兒還是野獸，對於身為人類的我，都不會再感到恐懼了。非但如

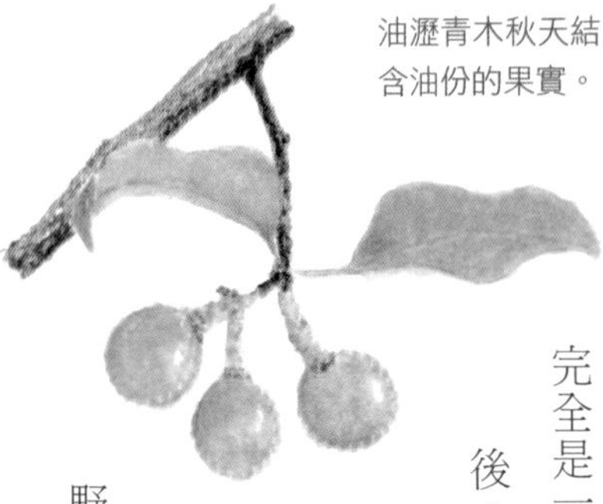

油瀝青木秋天結成富含油份的果實。

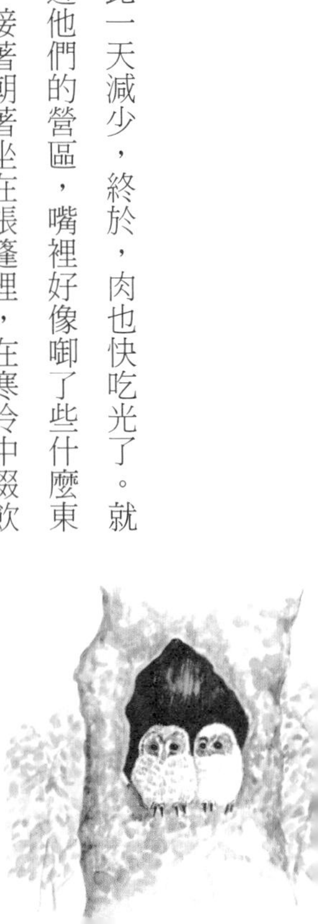

此，我還深深地感覺到，只要有牠們守護著我，我也不會再對任何事心生畏懼。當我一個人旅行，在冰冷的汪洋上被濃霧擋住去路時，將我救出那座海迷宮的，是一小群豎琴海豹。我至今還深信著那絕非偶然。

一九九四年，北極長征的行程雖然是暫緩了，不過在東京的酷暑裡，似乎還是能稍微感覺到一絲絲當地涼冷的空氣。因為和新星日本交響樂團合作演出的十場北極物語，即將要上演了。全劇的音樂由妻子真理子作曲，我自己則用日文編寫舞台演出用的劇本。原著是一本描寫在北極生活的動物們的小說，曾在日本及加拿大兩地出版發行。

在日本也多少有著一些因為探訪北極，而被它的魅力所震懾的人們。但是，只有像我的朋友——攝影家佐籐秀明先生那樣可以一語道破的，才能說是真正理解那片大自然真諦的人。

「處在大自然中，我一個人和那股奇妙的力量搏鬥……」

對我而言，所謂自然是一種值得敬畏的事物。遠古時代，人與動物曾經彼此攜手，共同生活。每當想要把那種強烈的情誼再度找回來，我對北極的思慕之情就會越來越厲害。描述三腳小狐狸和狼之間友誼的故事，深深注入著我的期盼。而擔任故事主述者的，則是一隻北極烏鴉。這個彷彿只能在夏天夜晚的帳篷中漫談的故事，竟然能夠在豪華的廳堂中上演，而且還有著管弦樂團襯底，對我來說，這也是有生以來第一次碰到的最棒的經驗。

雛燕

提起黑姬的夏天，觀賞為了找食物給雛鳥吃而飛來飛去的燕子，也是一大樂事。衷心期盼看到牠們身影的，絕對不只我一個人而已。燕子們在車站的屋頂築巢，已經連續好幾年了吧！站前古老旅館的屋簷下，就有著一個燕巢。由於位置非常低，剛好可以讓我們這種人清楚地窺探巢裡面的情形。巢中，有四隻雛鳥挨在一起，等爸爸媽媽啣好吃的小蟲子回來等得有點久，已經等到不耐煩了。

在日本，開心地認為燕子來自家的屋簷上築巢是吉兆的老人家也不少。事實上，燕子會替我們吃掉很多害蟲，說牠們會帶來幸運絕對沒有錯。

話說回來，燕子也是血肉之軀，跟鴿子和人類的嬰兒一樣，只要吃東西就會排便。日本民眾之所以會在家門前的燕巢下方鋪板子，就是想要對付「糞害」。小狗會用鼻尖去碰自己的糞便、人類的小孩子包著尿布長大，既然是生物，就必然會有排泄的行為，而做好「如廁訓練」，就是我們大人的任務。

輕井澤一個高爾夫球俱樂部的屋簷上，有三十來個燕子巢。以每個巢平均住了四隻雛鳥，加上各有一對父母親來計算，這麼多的燕子能替我們處理的害蟲量是相當可觀的——對俱樂部而言，應該是帶來了莫大的益處吧！

然而，卻發生了燕子糞便落到穿著昂貴襯衫的貴婦肩膀上這種事。這是因為俱樂部方面並沒有事先實行鋪板子之類的糞害對策的緣故。那位貴婦氣燄高張地大吵大鬧說：「那些討厭的鳥弄髒了我的衣服！」結果，俱樂部經理將那些燕巢毀到一個也不剩，那群可愛雛鳥們的生命，甚至也就這樣被奪走了。

姑且不論殺害燕子這種益鳥是否觸法，總之這位經理並沒有受到責難。更別提應該出來取締的保護官連一個也沒出現了。可以想見有能力在輕井澤的高爾夫球俱樂部消費的有錢貴婦，比燕子之類的動物更擁有影響力。

那是我還在加拿大溫哥華的環保局工作時的事。有天早晨，桌上的電話響了起來，聲音的主人似乎是一位年長的女性，聽起來情緒十分激動。當時我的職銜是「環境問題緊急應變官」，當發生石油或化學藥品外洩之類的會對環境造成重大傷害的事件時，馬上採取緊急措施，迅速地處理，就是我的工作。打電話來的女性反映，有政府機關的工作人員正在撲殺好幾千隻的燕子，要我立刻制止這種過分的事。

我跳上車火速趕往現場。果不其然，正在進行整修工程的天橋上有著好幾百個燕巢。那個季節剛好是燕子築巢築得正如火如荼的時候。我把工頭找過來，拜託他馬上停止施工。「給我當做沒看到！」這就是那傢伙的回答，「這裡沒有你說話的餘地，我們只是做好我們的工作而已。施工期可是不會延長的喔！」

混在大量砂石碎屑中的燕巢流到河裡去了，雛鳥和鳥蛋也跟著一起。我回到辦公室，詢問難道不能以違反加拿大的公害防治法告發這個工程嗎？答案是不可能的。我的上司重新打了個電話到市政府去，要求他們停止施工。然而得到的回答是NO。對方除了口氣是溫和有禮的之外，說出的內容和工頭對我說的完全一樣。

當時，我正處於被觀護中的身分。因為在溫哥華港取締隨意傾倒化學藥品的外國船隻時，忍不住出手打了一個反抗的船員。依照我的本性，三兩下就可能會把工頭推到河裡去，不過已經不能再引發更多其他的問題了。然而就在這段四處奔走的時間裡，燕子的巢正在一個接一個地被破壞中。

我因為什麼也不能做而著急得不得了，於是再度跳上了車。就在那一刻，赫然想起燕子是候鳥這件事。對了！不是正好有不能對候鳥和牠們的鳥巢動手這條法令嗎？管轄的是哪個單位呢？應該是加拿大騎警隊吧？再怎麼有道理的人，也絕對沒辦法當面向騎警隊說：「給我當做沒看到」吧？即使是像我這種空手道五段的職業摔跤手也不敢講那種話，怕會有被打歪嘴之類的下場。

接下來的幾分鐘之內，我和「候鳥保護條例」的執行者取得了聯絡，將情況說明了一遍。雖然這個條例原本是為了對付偷雁鴨及野鴨蛋的賊而制定的，不過用在燕子這種候鳥身上也非常合適。我們立刻調用了騎警隊的兩臺車，緊急趕往現場。我滿心歡喜地看著工頭在我面前被銬上手銬、押進車子的後座中。雖然說當時燕巢已經被毀去了大半，但是這樣總比什麼都不能做要好，為此，我感到安慰多了。善良的老婦人得到了神的祝福。我打了個電話給通報這件事的女性，向她報告事情的原委。雖然她肯定了我的努力，但是針

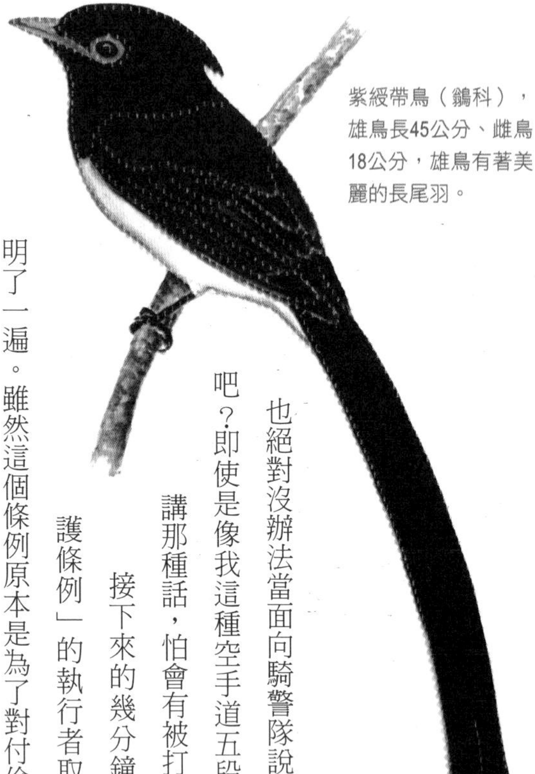
Hu-I-Ti-Hu-I-Ti-Hi-Hoi-Hoi（嗚意-嗚意-嗚意）
紫綬帶鳥（鶲科），雄鳥長45公分、雌鳥18公分，雄鳥有著美麗的長尾羽。

對無法防範這樣的工程於未然這點，我還是受到了斥責。

天橋的整修工程，一直等到燕子築完巢才重新再開始，而我自己則又在市政府多樹立了一個敵人。之後，這件事情總算落幕了。

不過，我現在深感痛切的，是不得不依賴法律的力量才能解決問題的這種現實。請執法人員出來，將那些脅迫像燕子這種帶著雛鳥的可憐野生動物的人們一個一個制止，最後不得不使出逮捕或科處罰金的手段——這不正是我們應該憂心的地方嗎？倘若每個人都能擁有正確的心態，大概就不會發生那樣愚蠢的事情了吧！

獵人除了必須要維生的時刻以外，是不會殺害動物的。他們會幫獵捕來的動物舉行一些安慰亡魂的儀式，絕不會輕率地對待生命。每次看到用空氣槍或者小鋼珠攻擊獵物的年輕人，我總是不禁想著，將來他們會變成怎樣一個殘酷的大人呢？我認為只有從清楚了解「狩獵」這件事的黑暗面那一刻開始，年輕人才會對動物生出感謝和敬畏之心。

燕子是一種稀有的鳥類。一種有辦法和人類共同生活的稀有鳥類。我們只要能夠再稍微敞開胸懷接受牠們，生活一定能變得更加多采多姿。

野草花

小時候，受到喜歡花草的家母影響，我也不知不覺愛上了野花野草。在夏日的夜晚裡，母親常常提著兩個桶子出門——大的那個是替自己準備的，把手上附著的那個小的，則是要給我用的。

我們一手握著堅固的拐杖，為了摘取黑莓，沿著往森林和萌芽林（譯注：coppice forest，在森林更新作業中，因定期砍伐——通常是十至二十年，由留在林地上的樹樁或其根系萌蘗而形成的森林，是一種無性更新。因樹形矮小，也稱矮林。主要以生產薪炭材為目的）延伸的小徑，一直往下走。母親和我把黑莓的花朵帶回家，夾在沈重的書本之間做成壓花。

一直到上了英國知名的大學預科學校為止，我做夢也沒想到，我喜愛花草這件事在英國的男生之中是很奇怪的行為。大概是為了把自己對野生花草的熱切執迷，說給教植物學的老師聽吧？我甚至將自己仔仔細細整理過、分類分得清清楚楚的壓花簿帶到學校去。沒想到學長們居然從我手中搶走那本壓花簿，丟在地上用腳狠狠

地踩，不但如此，還對我喊著「娘娘腔」之類的話，用盡所有他們罵得出來的難聽話罵我。

當時，我對他們的話並不是很了解。對於壓花簿被踐踏這種「男子漢的洗禮」，更是打從心底嫌惡。我對寶物被弄壞的反擊是伸腳踹一個學長的大腿，並且用拳頭問候他那張臉。此事到頭來只有我一個人遭到責難，這讓我實在很不服氣。

雖然到現在我還是很喜歡野花野草，不過已經不會再將它們做成壓花，或細心地蒐集了。但偶爾要送卡片什麼的給朋友時，還是會放些壓花在裡頭，當做一點點回憶。

我剛來日本的時候，因為知道這個國家有許多愛花的男性，不禁感到非常高興。他們既不是娘娘腔，也不像女人。我的朋友——簡易旅館「辰之子」的老闆絕不是一個女性化的人，不過他對這附近野生花草的了解程度，簡直無人能出其右。至於 AFAN 森林的看守者，林業家松木先生也是這種男性，提到跟森林植物有關的事，他沒有不知曉的。

我到黑姬買這片混合林已經有六年了，截至目前為止一直接受著松木先

生的幫助，為了讓荒廢的二次林重新復活成健康的森林，持續拚命地努力著。首先，因為想讓陽光充分地灑落到地面上，我們起先仔細地砍掉了一些長得密密麻麻的茂密竹林。當然，為了讓黃鶯之類的鳥有空間築巢，我們也沒忘記要到處留幾叢竹藪。另外，我們也致力替長得不好的樹叢取出間隔，讓採光變得好一些。

結果頗有成效，森林恢復了連我自己都看到目瞪口呆的光輝。野花野草一口氣競相萌發——春天時，因為長出了好幾種紫蘿蘭，大地看起來宛如全面鋪上了絲絨地毯一樣。其他還有開著惹人憐愛的小白花的一輪草、金黃色的立金花等等。不過，這也正是「苦惱的日子」的開始。

我的書架上有一本幾乎要被書堆埋沒的植物字典，另外與鳥類或植物、魚類、昆蟲、動物等相關的書籍也有好幾十本。儘管如此，當我打算將在AFAN森林看見的花草詳細記錄下來時，卻發現寫不出名字來。有的只有日本學名，事實上有更多花草充其量只有拉丁語說明，並沒有記載英文名字。

樹木的名字倒是很容易查到，不過即使如此，也不能說是沒有問題。差不多兩、三年前，我買到了英國的橡樹（是充分考慮過才買的，不用擔心會生病等一切問題的樹），分別在兩個地方栽培花絲種類不同的樹苗。所謂的橡樹，就是歐洲原產的「櫟

樹」（小橡樹）。AFAN森林裡面本來就生長著女士櫟和小櫟樹。那是日本原產的橡樹代表種——也就是說，這兩種樹在日本全國各地真的都大名鼎鼎。兩者的差異非常明顯，各自都擁有出處明確的學名，首先來看看針對日本名所作的介紹——糟糕，即

鬼胡桃木（胡桃科）
高20～35公尺，一片
葉子約為50公分。

使查閱我手邊最厚的那一本字典，也只能查出用英文寫的「橡樹的一種」而已。

松樹、雪松、山櫻、光葉櫸、胡桃樹、木蘭、山毛櫸、柳樹——這一帶有的樹，雖然無論如何都能查出英文名字，不過一看到記載的只是語焉不詳的「楓樹的一種」、「槭樹」（歐洲產的楓樹）時，還真覺得束手無策。而當只查得到拉丁名字，甚至發現英文字典中本來就沒收錄的樹種時，更是非常頭疼。

現在森林那邊長了些藤蔓植物。日本混合林的二次林，一旦被這種藤蔓纏上是會完蛋的。而好不容易才長大的小樹，經常被一瞬間蔓延叢生的矮竹子奪去了光彩，枝葉伸展不開，實在是很難成長。

有時，長在大樹木或闊葉樹中間的殘株，也很容易萌發出嫩芽，以不輸給竹叢的氣勢往上生長。不過由於一棵殘株會發出很多嫩芽，導致好幾條枝幹要分享同一塊樹根的養分。當然，枝條無論如何還是會長出來，只不過非常纖弱罷了。正因為如此，藤蔓一旦纏在枝條與枝條中間，樹枝立刻就會枯死。不過話說回來，藤蔓這種植物在生態系中是很重要的存在，其中會結出美味莓類果實的也不少。山葡萄就是一個很好的例子。

其他還有很多，譬如通草，果實乍看之下很像茄子，味道卻感覺像是石榴，稍

微加工一下甚至連皮都可以吃。翻一下字典看看有什麼說明——通草嘛，竟然就只寫著「通草」而已。

還有一種好吃得不得了的藤蔓果實，叫做猿梨。看起來雖然小小一個，滋味卻非常像成熟的奇異果。然而，這個字典裡也查不到。雖然這種紫藤確實是有個叫做「Wisteria」的英文名字，但是我在「會結果的藤蔓植物」這個範圍裡查閱，卻沒有結果。而且，至少還有六種藤蔓找不到英文名字。

前幾天，我和松木先生確確實實地巡視了一遍森林。看看哪邊需要取出間隔、哪棵樹需要弄活。決定了要留下來的灌木和植物之後，為了使它們能獲得充足的光線和營養，不整理一下環境不行。我一邊走一邊將那些植物的名字抄下來，結果卻發現超過半數以上沒辦法翻成英文。

森林裡不知何時長了一叢漂亮的百合花。其中有幾株跟人的身高一樣高，一整叢看起來就像是法國號一樣，模樣非常壯觀。那淡綠色的花瓣內側帶著一些深褐色，球根相當美味。不過我不知道那種百合的英文名字，雖然它有個日文名字叫做「大乳母百合」。百合當中，也有「plantain lily」這種擁有通用而

完整的英文名字的（那是會開紫色花朵，葉子也可以食用的百合）。還有一種我從頭到尾都不知道名字的花，花株的高度差不多在腰間，彷彿一頂大帽子似的可愛紫色花苞，開放的時候會變得像牛鈴一樣，春天時長出來的嫩葉真的非常好吃。不過，我也找不到這種花的英文名字。

擁有一本以羅馬字記載的日本樹木、灌木、花草名稱的書絕對有必要——日常生活中，每當感到著急或不耐煩的時候，總是不由得這麼想。不過話雖如此，重要的畢竟還是本質，名字什麼的應該不太要緊吧。

相撲青蛙

大約距今兩、三年前的一個初秋，我到黑姬滑雪場的山麓地帶進行一些攝影的工作。拍攝的對象是爵士薩克斯風的演奏者涉田明氏先生。雖說我原本就很喜歡爵士樂，不過我和他還有另一個共通點。涉田明氏先生在學校是專攻水產學的，對水蚤或小型甲殼類動物一直抱持著非常強烈的興趣。

這個節目的導演表示他想要以雄偉的山嶺為背景，描寫爵士樂與人生的真諦。然而我們兩個人都忍不住想跳進去開拍之前發現的水池和小河裡。

碰巧在那個時候，我們發現了一個

鬼胡桃木五月左右開花。沒有花瓣。雌蕊長約7～8公釐，雄蕊的花苞長約10公分左右。

差不多有兩公尺深的洞穴。往下窺探，只見洞底積滿好幾公分高的水。水裡到兩邊的岩壁上，佈滿了密密麻麻、像豆子般大小的青蛙。我從沒看過這麼小的青蛙。但由於牠們沒有類似尾巴的東西，總覺得應該算是青蛙中的成人。大小像衛生筷前端相連的部分，顏色漆黑。有好幾萬隻這種傢伙擠在一起。

坂田明氏先生和我一刻也等不及地下到洞穴中去，導演先生卻放不開。最可憐的則是攝影師。無論如何，若是沒有這一大群豆大的青蛙，那裡也只會是一個普通的坑罷了——不會變成宛如「繪畫」般的東西。

過了很久我才知道，那些傢伙事實上並不是青蛙（frog），而是蟾蜍（toad）。據說那群小傢伙們，之後每一隻都會變成身高七到十四公分的龐然大物。不管在哪裡，牠們看起來總是一副預備要相撲、馬上就會揪住對手扭打的模樣。

差不多兩天前，我和松本先生在森林裡漫步的時候，也看到了一隻大蟾蜍。

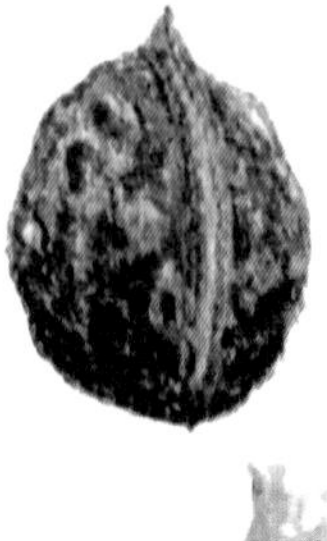

鬼胡桃木九～十月結果。一個花苞裡有5～10個果實。直徑約3公分。

牠的動作很緩慢，好像一點也沒有想要逃的意思。松本先生猛地捉住了那傢伙。「是四六！」松本先生說著，先是扳開牠前腿，然後扳開牠後腿檢查。原來如此！「四六」指的是前腿有四隻腳趾、後腿有六隻腳趾。蟾蜍、癩蛤蟆、蛤蟆——這種動物在長野雖然有好幾種稱呼，不過在教科書中出現的名稱叫做「蟾蜍」。雖然英文裡面叫牠「bufo」（盤古蟾蜍），不過我個人卻最想替牠命名為「相撲青蛙」。

松本先生翻開蟾蜍耳後的腺體讓我看。用手緊壓那裡，會擠出像牛奶一樣的乳白色液體來。那是一種叫做「蟾毒色胺」（bufotenine）的有毒幻覺劑，是蟾蜍最厲害的武器。這種毒汁一沾到嘴巴，要是弱小的動物，有可能會立刻一命嗚呼。聽說如果噴到眼睛裡，失明恐怕會伴隨著劇烈的疼痛而來。雖然有人說居住在山裡的人們會使用蟾蜍皮入藥，也會吃蟾蜍，不過聽了這麼恐怖的說明之後，肯定馬上變得一點也不想碰。山野中的珍味光是蟲子就吃不完了，要吃蟾蜍，還是三思而後行比較好。順道一提，截至目前為止，「蛤蟆油」一直都被視為治療割傷的妙藥。

蟾蜍一遇上敵人，就會叉開四肢使勁站住，那身形跟臭鼬鼠威嚇對手的姿勢有點像。雖然這小青蛙瞬間擺出招式來的模樣惹人發笑，但是既然知道牠持有毒液，就不可輕敵。

我從本地人口中聽說了蟾蜍打架的事。雖然不只是長野線，日本全國各地到處都有池塘，不過卻只有在那裡發生過的慘烈戰鬥被傳揚開來。對蟾蜍而言，生機蓬勃的春天，也正是「戀愛的季節」。只要到了這個時候，連平日非常安靜的蟾蜍，都會竭盡所能地放聲高歌。為數眾多的青蛙們成群結隊，爭風吃醋得極為厲害——因為一隻母蟾蜍，往往同時被三隻、甚至多達八隻的公蟾蜍爭奪著，所以引發了莫大的騷動。膠質的黑色蛙卵一點一點排在一起、延伸得長長的模樣，就宛如水珠花樣的緞帶一般。每到產卵期，這種緞帶就會在淺淺的水窪中折疊好幾層。好不容易孵化出來的蝌蚪，大約還需要三個月左右，才會變成小青蛙。

特別乾燥的地方另當別論，樹林和庭院裡，通常一定能看得見蟾蜍的身影。雖然牠們通常以蛞蝓和昆蟲、甲蟲、小蚊子、芋蟲這類的小蟲為食，不過由於食慾很旺盛，偶爾也會吃蚯蚓，甚至吞掉小蛇。

不過，難得一見的毒汁對奸詐狡猾的星鴉卻不管用。星鴉是棲息在高山地帶的烏鴉科鳥類，捉到蟾蜍、青蛙這類的動物時，通常會先用腳牢牢地踩住，然後用尖銳的鳥

嘴撕裂牠們的身體。

日本棲息著各色各樣的兩棲動物，光是長野一個地方，就擁有多達十二種的青蛙和蟾蜍棲息。這帶一到了繁殖的季節，由於數量急遽膨脹的緣故，在下雨天這類的日子裡，被汽車撞死的青蛙總是一隻接一隻。

年幼的小姑娘也很喜歡捉雨蛙。那是一種翠綠色的青蛙，只有大拇指一般大小。牛蛙一如其名，會發出牛叫聲那樣渾厚的聲音。咕嚕咕嚕咕嚕……以輕快的聲音鳴叫著的是「豹蛙」（leopard frog）。不過，我比較喜歡日本人的另一個叫法「跳蛙」。噗通跳進芭蕉俳句中所吟詠的「古池」的，恐怕就是這種青蛙吧！

雨蛙在快要下雨之前就會開始引吭高歌。喉部膨脹得與肚子一樣大，發出和嬌小身體極為不配的洪亮聲響。還有一種棲息在流速很快的清流中的黃色青蛙。而帶著黑色斑點的達摩青蛙，真的頗有賢者之風。對蝌蚪蒐集者而言，這裡簡直可以說是天堂。

有關青蛙的無數回憶中，最無法忘懷的就是牠的滋味。法國料理中的田

雞腿最令人受不了。田雞也是我喜歡的美食。當我還是學生的時候，在涉谷有著賣食用牛蛙的中華料理店，可以吃到圓圓胖胖的美味牛蛙。對大多數的人而言，即使沒煮過青蛙料理，幾乎也都曾一度在生物課被逼著解剖青蛙。大家可不是都同樣擁有痛苦的經驗嗎？

雖然是題外話，不過我也是溫哥華某個名叫「牛蛙錄音藝術家工作室」的創立人之一，雖然金額很微薄，不過也是有出資。一九九四年六月，我就曾在那裡錄製只收錄跟威士忌有關的歌曲的專輯CD。工作室的牆壁上，到處張貼著以青蛙為主題的繪畫、與青蛙有關的故事和笑話。要是您有機會到加拿大卑詩省的溫哥華旅遊——而且，像青蛙一樣想要一展歌喉，卻發現附近找不到水池的時候，我建議您先到「牛蛙錄音藝術家工作室」走一趟。

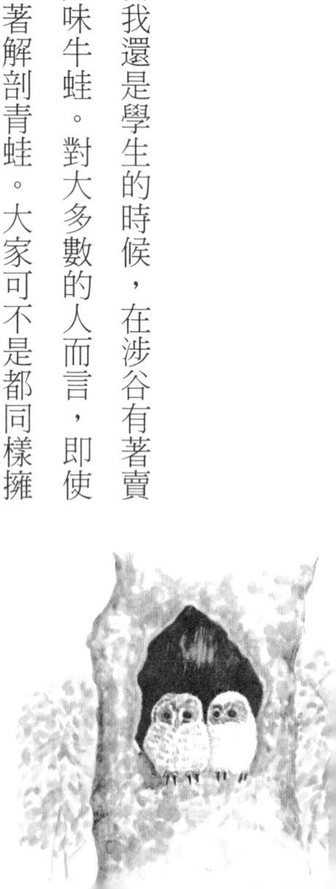

農藥

這個夏天的天氣一直非常糟糕。說起來，似乎已經奇怪到不應該叫做夏天。就連正在寫這份稿子的現在也是，鳥居川的水像是快要滿出來似的奔流著——摻雜著茶色的泥塊、冒著白色的水煙滔滔流著的模樣，就宛如豪雪一口氣融化，或是颱風過境之後的情形。每天都是下雨、下雨、下雨！

上個星期好不容易有一天放晴。那天早上，我一睜開眼睛醒來，就聽見外頭傳來久違的雨聲之外的聲音。那是在這附近低空飛行的直升機的聲音，正對著水田空灑著什麼。一定是農藥吧！我想起大約一個星期之前，從鎮公所那邊來了一張通知書，內容指示最近因為要實施農藥的空灑，所以當天請將蜂箱安置好。我想有登記的養蜂家應該全部都收到這個通知了吧！

到底是要灑哪一種藥呢？這個不追究不行。是一種叫做「M Sol」的藥品溶液——雖然要到了這個答案，不過那究竟是什麼樣的東西呢？我打破砂鍋問到底的結果，終於得到結論，那是預防「燒枯病」的。那種病的症狀是稻葉上

先出現紅斑點，然後逐漸擴散開來，到頭來整片葉子都會枯萎。根據我所蒐集的資訊，那是不能使用殺蟲劑的。不管怎麼樣，不把蜂箱移到旁邊去可是不行的！

雖然鎮公所事前已經宣揚過，這一次要空灑的農藥，對其他水中或是水上的生物都不會造成傷害。不過我還是想針對這個東西做更進一步的調查，弄清楚裡面含有什麼成份，以及那個說法正不正確。

現在在日本，只要一聽到「農藥」——從殺蟲劑到殺菌劑、除草劑的總稱，不少家庭主婦都會立刻出現抗拒的反應。其中緣故，是因為向來被使用的農藥都含有致癌物質，不僅會殺死害蟲，連益蟲也會一併被除掉。話說回來，「田地的藥」並非全部都是會招致死亡的東西。從以前開始就一直被沿用至今的，以及新開發出來的藥品當中，也有針對解除特定害蟲造成的某症狀非常有效的。說不定那會幫助農家或果園、林業家找到解決眼前所面臨問題的關鍵。

我連帶非常感興趣的是「生化殺蟲劑」—— 利用泥土裡自然產生的「蘇力菌」（**Bacteria，細菌的一種**）研發而成的。它的全名叫做「Bacillus thuringiensis」，簡稱BT。日本在一九〇一年首先發現了生病的蠶寶寶幼蟲。到

了一九一五年，某個研究者從在德國的圖林根（Thuringen）採集到的生病的蛾身上，將蘇力菌成功隔離出來，於是便取當地的地名充當一部分名稱。

ＢＴ擁有讓某種飛蛾和蝶的幼蟲死亡的特性，此外還含有能撲滅蚊子和蜉蝣幼蟲的菌絲。據說ＢＴ一旦進入蝶、蛾或是蚊子幼蟲的胃腸中，就會造成腸壁或胃壁內離子的混亂，在數個小時之間產生嗎啡，二十四小時以內導致昆蟲死亡。

雖然光是聽到這個，似乎就會覺得這種東西很可怕，不過只要我查到的資訊可信度高的話，ＢＴ事實上只會驅除有攻擊性的害蟲。根據從德國縣政府甚至州政府，以及美國和加拿大聯邦政府機構來的報告也顯示，ＢＴ不但不會危害益蟲，也不會威脅到鱒魚、蜻蜓這類對環境變化相當敏感的生物。

在加拿大東部的拉布拉多，舉行過確認BT除蛾成效的實驗。實驗中，雖然刻意使用了大量的ＢＴ，不過結果卻是除了蛾以外的螻蛄、蜻蜓、不會吸人血的蠓等等昆蟲，不減反增。而針對蜜蜂和水生昆蟲、魚、哺乳類、植物做實驗時，也全都沒發現不好的影響。

從前，太平洋西北部的森林曾經因為亞洲舞毒蛾遭受過毀滅性的打擊。

由於牠們食慾過於旺盛，幾乎啃壞了超過五百棵以上的樹木和灌木。因為雄蛾要飛到雌蛾那裡必須飛三十公里遠，所以擴散只是一瞬間的事。對於驅除這種舞毒蛾，ＢＴ發揮了絕大的效力。對於撲滅棲息在新斯科細亞（Nova Scotia）半島和渥太華、魁北克兩個省，吃光了林木樹葉的鱗翅目飛蛾幼蟲，也得到非常好的成果。光就渥太華來看，從一九八〇到一九八七年間，雖然持續對著一百三十萬公頃的土地空灑ＢＴ，不過因此導致魚死亡的案例，一個也沒發生過。

因為這是個非常複雜的問題，講到這種程度也不過只觸及到表層而已，不過我想要說明的是，其實人們從古時候開始，就一直使用著這類的藥品了。為了守護田地和庭院、牧草地、森林等等地方，今後也不能不使用農藥。然而叫做農藥的東西並非全部如我們所想像的都是「死亡藥物」。比較起來，瘧疾、日本腦炎等以蚊子為媒介傳播的傳染病，反而才是相當可怕的。

古時候的日本人，會把從鯨魚的皮下脂肪中榨出來的油和食用醋混合在一起，然後灑在水田中，當作驅逐啃食稻子的害蟲的除蟲劑。這種混合液不但能被微生物分解成無害的物質，而且在這個分解的過程中，還能促使土壤變肥沃。

我們家則在燒煤炭時，蒐集煤煙冷卻後所產生的高地樹木雜酚油（蒸餾木焦油

而得到的油狀液體）。將這個用六十倍的水稀釋灑在庭院裡，可以防止包心菜、白菜，乃至長野的冬天不可或缺的野澤菜根部腐爛。至於是否有危害到其他生物的情形，據說是完全沒有。

正因為不想讓自己的女兒誤食有害的藥物，所以才拘泥於吃無農藥的食品和果汁。不過，從反面來看，農家卻非常令人同情。水田裡不但有螞蚱，更有像螻蛄這種會在稻莖上挖洞的害蟲，稻子的敵人是源源不絕的。只要一個不小心，悉心栽培出來的稻子又會染上「燒枯病」、「霜霉病」等有的沒的疾病。

話說回來，問題的根本仍然還是出自農家這邊吧！有太多人不小心仔細地遵照說明書上所指示的農藥混合方式和使用方法來做了！就是拜隨隨便便的使用方法所賜，才產生出那些藥性超過必要的強力農藥。從前棲息在水田裡的泥鰍和田螺都銷聲匿跡了，這既是不爭的事實，也絕對不是值得高興的事。

我若是能拿到這次被空灑的農藥，正確地分析出它的成分，大概也就一定能明白為何必須把蜂箱移走了吧！

防砂塔

前些日子，我在新潟縣某個貯水池附近度過了一天。那是個四周被濃密的森林包圍，位於山間的漂亮池子。周遭從山毛櫸開始、長滿了女士櫟、小櫟樹、西洋七葉樹、山櫻等各式各樣的樹。從這裡那裡湧出來的冰涼清泉，往山下流去，最後注入巨大的水塔中。這是這個地區主要的水源地。

截至目前為止，我到這一帶走訪過好幾次。積雪很深的那一年，還穿了防滑用的踏雪套鞋。春天，走在融化的雪水流注、響起潺潺流水聲的河川旁邊，接下來目送夏天過去，迎接秋天到來……就這麼看著四季的變幻更迭。

各式各樣的生命在這裡棲生著。熊、森林中的樹木、河川裡的紅點鮭和鱒魚，都散發出柔和的銀色光芒。好幾年前，我曾經和林野廳交手過一次。原因是我聽說他們居然將魔爪伸到深山裡，砍伐著用漫長時光孕育出來的混合林，因此我沒有辦法默不作聲。雖然森林的砍伐至今還持續著，但是大概是抗議見效了，他們一時之間不太敢明目張膽，收斂了點，似乎多少有變更了一些方針，像是決定保留古木這類的事。

那一天，我所拜訪的森林，狀況也意想不到地變壞了。即使是下了最激烈的豪雨，河水也應該會是清澈的，不可能因為河底淤積的泥沙而混濁。然而這條茶色的濁流，正是森林管理中罪大惡極的證明：因為某個建設工程，造成山脈正持續被侵蝕中。

身處在山林之中，看到眼前出現了一個又一個巨大的混凝土塊時，我不禁無言以對。在河床上鑿洞，然後灌入混凝土，聽說就是建設省這個機構造「防砂塔」的方法。說好聽是防止河床被侵蝕，但是因為這樣，紅點鮭恰好完全被困在河川中出不去。而原本就住在這條河裡的魚兒們，遲早也會遭受到死亡的威脅吧！這個防砂塔建造時完全沒有考慮到要附帶設計魚梯或魚道。看樣子，將這條蛇行的河川在河道改直之後，接下來一定會實施用混凝土強固河岸的計畫。

然而，這條河哪裡有防止被侵蝕的必要？防砂塔的任務，不就正好是在替我們終結森林嗎？雖然抗議的聲浪很大，但是新瀉縣的行政機構和建築業者似乎還是想到就隨便濫墾，拿著混凝土到處亂填，因為不管用什麼藉口都可以。

建造防砂塔，必須投入好幾億的鉅額吧？在日本各地，像這樣水流清澈的河川正在逐漸消失當中。這確實是大規模環境破壞的典型。森林砍伐恐怕也是政府計畫中的一部分吧？即使那是一座「為了保護水源」而存在的重要森林。

落葉後的樣貌

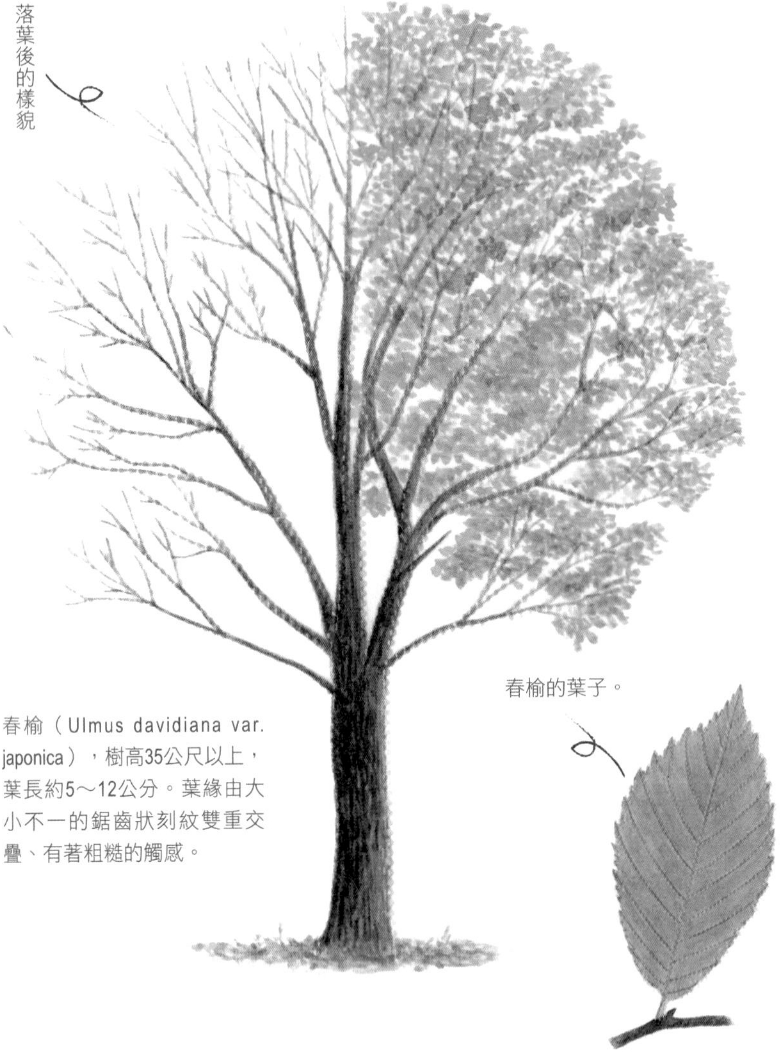

春榆（Ulmus davidiana var. japonica），樹高35公尺以上，葉長約5～12公分。葉緣由大小不一的鋸齒狀刻紋雙重交疊、有著粗糙的觸感。

春榆的葉子。

我對這種事還真是看不慣。對建築事業而言，山林就如書上常說的那樣，充滿寶藏。砍倒樹木、用推土機反覆挖掘河岸，創造出醜惡的混凝土怪獸——只要這樣做，會有多少金錢流進口袋裡呀！如果讓斜坡上的天然林變得光禿禿的話，就會被發現引起山林的侵蝕了，想要小心地隱藏自己引發侵蝕的事實，因此才把防砂塔的建造正當化。

防砂塔一造，大量的淤泥會流進塔裡，最後河岸甚至可能會被侵蝕到連站腳的地方都沒有。防砂塔什麼作用也起不了。

希望大家不要把我這個嘮叨外國人說的話當作耳邊風，我只不過是代表成千的日本人吐露心聲而已。實際上某些有遠見的人們，從好幾年前開始就提出這個看法了。

讓蛇行的河川變直之類的做法，是既危險又愚蠢的行為。因為那裡有清澈得可以將水底圓石看得一清二楚的池子和瀑布，原本就是一條非常漂亮的河川。我似乎和那條河川中的河水命運緊緊相繫。那一天，朋友們用漂流木替冷到骨子裡去的我生了火。據說把不知從何處漂過來、出現在眼前的木頭撿起來燒是違法的。那個說法是對的。總之，我們離開之後河岸邊不應該留下任何營火燃燒過的痕跡。那是當然的，任何會污染自然環境的行為，都不能做。

在一而再、再而三的破壞中，建設省對河川造成了莫大的傷害，但是卻沒有法律可以規範他們。最近他們甚至還一次次將魔爪伸進發源自長良川的幾處珍貴山泉之中。

雖然說其他必須做的事還堆得跟山一樣高，不過現在的當務之急，應該是使狠狠被破壞掉的河川復活吧？

在德國、瑞士、澳洲，以及英國也是，土木技師和生物學家正聯手為改善河川環境而努力。他們是以一副「護岸工程本來就應該實施」的篤定姿態出現在眾人面前的。即使在建設省內部，也有著支持他們做法的官員。不過儘管如此，走到日本各地，觸目所及的卻都只是與那天如出一轍的慘狀。這種情況是多麼令人憤怒啊！

在千曲川一帶有好幾個地方，可以看得到對自然不具威脅性的護岸工程實例。種植柳樹雖然是古早時代的做法，不過到了現代依然相當實用。種在河岸邊的柳樹最終會紮根在土裡，同時也逐漸增強堤岸的牢固程度。隨著時間過去，在土壤深處盤踞糾結的根，會緊緊地擁抱住河岸的泥土，防止它受到侵蝕，比起混凝土之類的東西要來

得有用多了。連在過去發生過的四次嚴重的河川氾濫中，柳樹堤防也未曾崩壞。

我也曾經拜訪過北海道的某條河川。那是條昔日以黃瓜魚聞名的河川。這種魚在愛奴語中，也有「柳葉」的意思。那個時候，河川的兩岸長滿了野生的柳樹，一個個樹影倒映在佈滿小砂礫的淺灘之中。然而後來，那些柳樹被砍得連一棵也不剩，堤岸則被用混凝土固定起來。淺灘裡的砂礫也一再被挖掘出來，充當混凝土的材料。對這件事感到憂心不已的當地人這樣問我：為什麼黃瓜魚的身影都消失不見了呢？

如今在沖繩島本島，即使下雨河水也不會混濁的，唯有流經美國海軍演習場的河川。這是因為只剩下這裡還保留著鬱鬱蒼蒼的森林。除此之外的河川，每逢下雨就會化為褚紅色的濁流，造成珊瑚的死亡。而不管是哪個開發者，全都覬覦著這座本島內陸唯一殘存的森林吧？若是他們真的將魔爪伸到此處，會引起什麼後果並不難想像。

溪蟹

從前我擔任衣索匹亞的塞米恩國家公園園長時，經常到山林中巡邏，往那個標高只有二千七百公尺左右，而被叫做「低地」的村落走下去。當時，這個新的國家公園正在建設中，而我們的大本營就設在標高約三千六百公尺的地方。不過山頂附近的高度不只如此。因為高度這麼高，雨季一到，下霜什麼的都是家常便飯，不但經常會下起激烈的冰雹，有時候甚至會雨雪夾雜漫天紛飛。

走在我身後、跟正前往德巴雷克市場途中的親朋好友交談著的，是國家公園的管理員們。德巴雷克是最靠近位於 Begemdir 地方的塞米恩山國家公園的小城鎮。在這個標高上，到處叢生著歐石南屬、小連翹等植物。

因為馬兒的腳步變得有點遲緩，於是我決定在清流的旁邊稍事休息一下。我想讓馬兒在這裡喝水潤潤喉、吃點青翠的草，牠應該很快就會恢復元氣了吧！我自己也有些口渴了。就在

春榆在葉子未長之時開花，紅色花蕊十分小巧可愛。

我打算趕快喝一口甘甜的高山清泉，對著河面彎下腰去，掬起一把冷冰冰的河水時，突然看到有個東西從淺灘裡的小砂礫上面，一溜煙地跑過去。

我趕緊捉上來看看，哎唷真是不得了，竟然是蟹爪差不多只有四公分長的小螃蟹！我把牠放進了用來採集標本、一直隨身攜帶著的夾鍊袋中，然後在裡面灌滿酒精濃度很高的傳統本地酒「卡地卡拉」，那是我隨手放進袋子裡面的酒。

接著，我把牠展示給我的屬下——國家公園的管理員們看，大夥兒都異口同聲地說：「這個我也曾經看過好幾次！」那是當然，因為這一帶附近，更下游的清流中，也有許多這種螃蟹。當我一問起這小螃蟹的名字，他們就一邊笑、一邊用衣索比亞的通用語阿姆哈拉語說出來。後來我去查了那個單字的意思，不過不要在這邊寫出來比較好，我只能跟大家說那指的是女性身體的一個部位。

不過話說回來，一聽到居然有螃蟹棲息在這種離海如此遙遠的高山溪流中，我還真是大開眼界。

有天早上，我在長野縣黑姬山的 AFAN 森林散步時，看見一隻小小的溪蟹正翻著肚，在我們挖的池塘裡睡覺。雖然我們的原意只是想要讓螢火蟲和蜻蜓的產量增加，所以才順著淙淙的溪流沿岸稍微挖了幾個小池塘，但是同時也

因此發現了好幾百隻的溪蟹。實際上，牠們可是在堤防上挖洞的能手，是相當棘手的傢伙。

我以國家公園園長的身分在衣索比亞過了兩年之後，警覺到革命爆發的危機，於是在一九六九年，為了進大學再度來到日本。在我喜歡的食堂之中，有一家菜色非常齊全又豐富的小吃店，那裡也吃得到美味的溪蟹。

還很有元氣的溪蟹們，在廣口玻璃瓶中動來動去。那是要應客人點菜而捉出來，活生生地丟進熱油裡頭炸的。方才還一直是茶色的，就在一瞬間變成了鮮豔的朱紅色。被炸得酥酥脆脆的溪蟹可以連殼一起吃，是道地的野溪美味。全世界的溪流之中，不乏因這種美味，而著稱於世的。

不管是英國還是歐洲的西北部，雖然皆未擁有出產自當地的溪蟹，但是卻都有著兩種左右的外來溪蟹。其中一種是中華鰲絨蟹，牠最顯著的特徵是蟹殼上長滿了密集的絨毛。這種螃蟹在二十世紀初年，以進入德國為開端，而後經由斯堪

季節邁入夏季，榆樹長出1～2公分，像綠色薄翼般的果實。

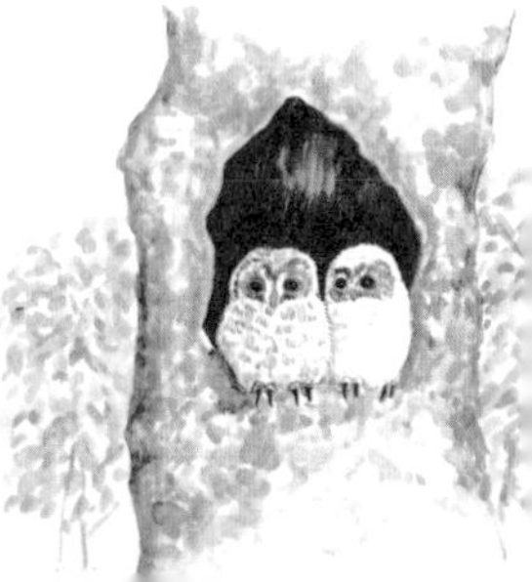

地那維亞半島散布到荷蘭、比利時、法國等地，最終在英格蘭東部的漢伯河及泰晤士河也可以見得到牠們的身影。

這種螃蟹平常都棲息在河川中，不過產卵期一到，就會回到大海中去。另外一種螃蟹，是跟日本出產的種類很像的小型溪蟹，一八七四年在荷蘭被發現，後來雖然傳播到世界各地去，但是在英國卻找不到牠們的蹤跡。之後，這種小螃蟹被認定為和美國出產的種類是同一種，因此更強化了牠也是外來品種之一的看法。

日本擁有對蝦、斑節蝦等好幾種的淡水蝦。因為往昔就連在野尻湖中，也相當常見，所以經常被當做在地美味來烹調。如今數量明顯地減少了，在我看來，被吃得精光實在是太可惜了！因為那種滋味是無法言喻的。

在日本各地也都找得到淡水產的螯蝦（小龍蝦）。那原本是從美國傳進來的，普遍都會捕食破壞水田的害蟲，滋味實際上嚐起來非常美妙。我一聽居住在東京郊外的朋友們說起，就馬上召集了一群男孩子，組成一個螯蝦捕撈隊。結果捕獲量竟超過一百隻。我俐落地親手烹煮、剝殼，然後淋上奶油醬招呼大家吃。看見我火速將一整打螯蝦掃得一乾二淨，終於伸手去拿的朋友，吃了不禁驚叫出來。

「這味道跟蝦子一模一樣！」

在歐洲，視螯蝦為大餐的地方也不少。雖然不管是天然的還是養殖的種類都有，但是回想在英國度過的少年時代，那時我周遭並沒有人會吃螯蝦。但是有一種英國出產的品種，在法國和比利時也很常見。那類的螯蝦中，還有體長達十二公分的龐然大物。而在歐洲大陸重要的伊勢蝦，體長也長達十五公分。十九世紀時，歐洲原產的螯蝦因為淡水魚的水生菌病而銳減時，有一種對這種病症免疫的美國產螯蝦被引進來。

淡水產的螯蝦很好吃這件事，是我的瑞典朋友們告訴我的。說實在的，我對我家附近釣不到螯蝦這件事，感到有點兒洩氣。因為竟然連一隻也找不到。但比起這個，更令我感到不可思議的是，日本人竟然不吃螯蝦！跟小溪蟹這類的東西相比，明明肉質就比較豐厚，而且滋味也很好呀！如果把頭的部分放進油鍋裡炸，咬起來一定又香又脆吧！

從前我曾遇過一個來自肯亞的農夫。據他說，當地人曾經為了要供自己飼養的牛隻喝水，在牧場中建造了好幾個水塔，結果不知道是哪裡計算錯誤，導致好幾英畝的牧地都被水淹得溼答答的。不得已之下，只好將美國出產的溪蟹放進那片

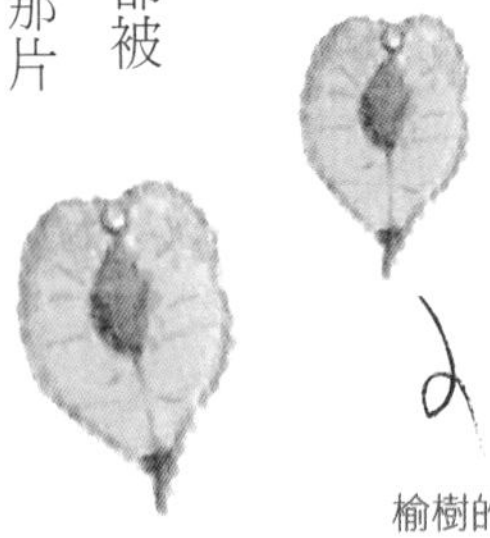

榆樹的果實

沼澤中，結果溪蟹卻不斷地繁殖，於是他們就開始拚命捕捉，然後批發到內羅畢（Nairobi，肯亞首都）的一流餐館去。如今，比起養牛，這似乎變成了更好的收入來源。

蘋果蟲

在日本過夏天，只要稍微往鄉下那邊走，通常都會遇到剛剛放學的小孩子。應該是男孩比較多吧，大家都出來捉公的獨角仙，想要帶回家裡養。前幾天我看到電視介紹說漆黑、漂亮的公獨角仙，可以賣到非常不錯的價錢。其售價隨著體型增大漸次提高，聽說竟然還有價格高達三十萬日圓！

一九九四年，我第一次收到好朋友寄來的飼養兼具趣味的公獨角仙的小包裹。在裝著腐葉土的小箱子中，有好幾隻形狀類似拉丁字母中的「C」的大型獨角仙幼蟲，蜷曲著圓圓胖胖的白色身體，不停蠕動著。像是咯答一聲扣上了帽子一樣，只有頭部是褚紅色的，身體下面有三對小小的腳。光是想到要拿這種東西當寵物，西歐的女性肯定是會馬

獨角仙，鞘翅目（兜蟲科或金龜子科），雄性成蟲體長約3～8公分（含角），雌性約體長3～5公分。幼蟲冬眠於地下，每年夏季七～八月破土而出，以樹液為食，成蟲壽命僅約一個月。

上就忍不住尖叫起來的。

不過日本的樵夫當中，也有非常喜歡吃這種幼蟲的人。即使到現在，雖然從很多人嘴裡聽過「好吃！」這句話，我仍然拿不出吃吃看的勇氣。依我看，好好等到牠們變成成蟲的話，是可以用上萬的高價賣出去的，絕不能現在就讓美食家給發現了。

獨角仙就維持著幼蟲的狀態將近四年，最後會在朽木上蓋房間，在裡面成蛹。

我第一次看到公的獨角仙是在八歲的時候，地點在英格蘭的安格里亞東部。對年幼的我來說，牠那頭上突出大大的黑色觸角的模樣，是非常恐怖的。我記得當時我鼓起僅有的一丁點勇氣，捉住了那隻獨角仙，然後放進空的果醬瓶中。但是，母親一看到瓶子裡面的東西，就昏過去了。叔叔一把從我手裡把瓶子搶過去，完全不理會我聲嘶力竭的抗議，只大聲說：「這種可怕又危險的東西應該要交給警察！」

不久之後出現的魁梧的警員，一把瓶子拿到外面去，就將裡面的獨角仙倒在地面上，舉起他笨重的大腳踩死了。

「好了，這樣就沒問題了！已經不需要再擔心了！」

自從那一次之後，我一捉到顏色奇怪的甲蟲，就會不讓任何人發現地偷偷養著。不過，說到公的獨角仙，一直到我來日本之前，都不曾再看見過。

前幾天，我家女兒撿回了一隻甲蟲的屍體。體型跟獨角仙比起來比較嬌小，體長大約七公分左右。顏色像是在帶點黑的灰色地面上，放了張淺綠色的錫箔紙那樣微妙。有一隻特別長的觸角從牠頭頂上伸出來。那是這一帶很常見的天牛。乍看之下很漂亮的這種蟲，對果園和森林的主人而言，可是個頭痛的傢伙。因為天牛會在樹幹上挖洞，鑽到裡面去。木頭有洞就很難賣了，再者，天牛甚至還可能會帶來病菌，導致樹木枯萎。

仔細觀察天牛的模樣，是我剛剛到黑姬來定居時的事。我收到了從英國寄來的燒柴薪的暖爐。雖說是暖爐，不過也可以當作烹煮東西的爐子來用，除了可以放在家中的角落替我們燒開水之外，又兼具所謂集中保暖的效果，實在是一臺多功能的「優選暖爐」。我一收到就立刻跑到附近的果園四處繞繞，籌措柴薪。我特地到處理腐朽又沒什麼實際用途的舊木頭，以及被豪雪凍傷的樹木的地方去，請那邊的人幫忙。後來，我又拿了兩、三瓶酒去拜訪過之後，弄到了多達一卡車的蘋果木。

蘋果木有很多樹瘤，劈的時候手很容易骨折，不過我還是拿起加拿大製的木槌和楔子，拚命地劈著材。就在木頭被劈開的當下，從中間一直出現像人的小指一般大的白色小蟲子蠕動著爬了出來。我將殘活的、沒被劈死的小蟲子集中在一起，當天傍晚就拿去餵雞。而雞群們爭先恐後地啄著這意想不到的美食。

就在我又那麼做的某一天，一位本地的朋友突然對我說：「這麼難得的好吃東西，你居然拿去餵雞！」對方不但是我人生的前輩，也是曾經跟我一起去登過好幾次山的好夥伴。他都叫這種蟲為鐵砲蟲，那是當地的說法，一般比較通用的名字是天牛。天牛的種類非常多，我女兒之前發現的那種是甲蟲的幼蟲。還記得某個非常炎熱的日子，我揹著柴薪翻越一座山谷，很想要喝罐冰涼的啤酒，潤潤乾渴的喉嚨。

「剛好有很不錯的下酒菜唷！」我的朋友一邊這麼說，一邊從我手中把啤酒罐搶了過去，然後塞了三十多隻鐵砲蟲進去。確實，澳洲的原住民土著們也很喜歡吃類似這種蟲的蠐螬蟲。雖然說在這一帶附近也有人會吃蜂蛹大餐之類的東西，也會特地到田裡去蒐集小小的螞蚱，但是，說到天牛的幼蟲嘛……

「你開玩笑的吧？」

「不是。反正，你等著看吧！」

他在鐵砲蟲上淋滿了醬油，然後快速地用火翻烤。即便如此，我還是一直認為他是鬧著玩的。我心想，他一定會勉強我吃下去，等到我終於無可奈何地把蟲子放進嘴裡的那一剎那，他就會立刻捧腹大笑。我一把啤酒倒進兩個玻璃杯裡，朋友又再度勸我嚐嚐烤得恰到好處的鐵砲蟲，我裝出敬老尊賢的樣子，極力地推說：「您先請！」後來怎麼樣了呢？我心一橫挾了兩隻丟進嘴裡……可不是好吃到說不出話來了嗎？瞥了一眼愣在那裡的我，朋友挾起第三隻放進了自己嘴裡。

小時候，喜歡惡作劇的夥伴們最喜歡舉行一個小儀式。在大家的面前把菜粉蝶的幼蟲——就是綠色的芋蟲——給吃下去。光只是放進嘴裡還不夠，還得確確實實地咀嚼過，再張開嘴巴讓大家看才可以。經過大夥兒認可確實是有吃之後，還必須慢慢地把那東西嚥下去。

一邊回憶著那種事，我一邊下定決心把一隻鐵砲蟲放進嘴裡。原本打算立刻配啤酒吞下去，然而，這真的好吃得不得了。感覺像是某種樹的果實，實在是珍奇的美味。我和朋友兩個人就這麼大快朵頤了一番。

如今，AFAN 森林裡有著很多伐下來的木材，我已經沒有專程去調度蘋果木的

必要了。只要是質地堅硬的木材，我劈柴時就會感到很開心。況且，還會附贈好吃的「小菜」。試著劈劈看長得不怎麼好的木頭，天牛幼蟲就會不斷地冒出來。那是難得一見的美食。我和小雞們感情很好地分著吃，一隻也不浪費。哎呀！我死去的母親要是看到這種情形，不當場昏倒才怪！

非洲的塞米恩

一九六七年，我以新建的塞米恩國家公園園長的身分，到衣索比亞赴任。在眾多的任務當中，還包括對二十名國家公園管理員進行野地訓練這一項。隊員之中，有好幾個擁有軍隊生活的經驗（有一位還是在韓戰中功勳彪炳的士兵），剩下的多半都是完全沒有軍旅經驗的人。雖然說每一個都是令人引以為傲的高山部落青年，然而唯一防身的道具卻只有一把來福槍。

就任的第一年，擔任我助理的是一個從阿迪斯阿貝巴來的大學生。據說他是為了履行衣索比亞的全民義務——為期一年的「國家服務」，而選擇了獵區管理的工作。實際上，他是一個有才能又勇敢的年輕人。

我們擔負的任務是在衡量過到這座山脈來拜訪的遊客安全之後，保護公園裡的動植物。不過這跟我們在赴任之前，原有的「國家公園管理員是逮捕犯罪者」的認知，不大相同。山賊當中，也有那種在埋伏著等待從菜市場歸來的村民時，遭到逮捕並當場被擊斃的。而管理員們將那具屍體從超過一千公尺以上的斷崖上丟了下

去。警察也嫌麻煩，並沒有要求他們寫報告。

我當時有著在不得已的時候，可能要跟山賊戰鬥的覺悟。不過，就連要尋求本地人的幫助都是個問題了。其實若是沒有取得基本的體諒，要建設國家公園根本是不可能的。再者，提到塞米恩的阿姆哈拉族，那可是一個以驕傲聞名的部族。他們正是從前義大利軍隊侵略此地的時候，讓敵人陷入水深火熱的游擊隊精銳。與他們為敵，不管怎麼說都是不智的。

就算對方是盜獵者、違法砍伐林木的山老鼠、在山林中濫牧的人，出其不意把人家從懸崖上丟下去，未免太過殘暴了一點。那種事如果發生，我一定會跟他們起衝突的。或許他們不只會突然襲擊我，還有可能冷不防地把我從斷崖絕壁上推下去，那種情景，光想到就覺得毛骨悚然。

因此，我帶著我下面的國家公園管理員，反覆進行了一切可能情況的演習——對於牧羊人把羊群帶進來放牧，導致園內植物受到傷害的情形，首先進行禮貌性的勸導，以期徹底解決。對於在公園裡設陷阱的盜獵者以逮捕為先，不過並不會當場槍斃、棄置屍體。對於途經公園的隊商，由於他們可能會私藏豹皮之類的東西，如果發現貨物有可疑的地方時，會把他們叫住，表示想要檢查他們的行李。倘若對方抗拒的話，強迫他們卸下貨物沒什麼關係，不過希望不要發生用來福槍的槍柄毆打商人這種事情。我還得到手下一個士兵出身的國家公園管理員的協助，請他教其餘的夥伴們一些簡單的防身術。因為面對荷槍實彈的敵人時，無論如何，大家不是都只能赤手空拳嗎？所以必須要學會防禦敵人的攻擊、擊落他的武器、封鎖他的行動。從前，塞米恩的盜獵行動絕大多數是靠陷阱的設置，因此擁有槍的盜獵者很稀少。不過大約在我們開始巡邏過了半年之後，對方知道我們會抓，也開始出招了。

塞米恩的盜獵者幾乎都是貧困的村民們，僅僅為了出售一點點肉和動物毛皮所獲得的、有如麻雀的眼淚一般稀少的金錢，就甘願涉險。然而，在背後操縱著被貧窮壓得喘不過氣來的他們的，是別的東西。若無其事的拿著槍走動，正是「邪惡」瀰漫了整個村子的表現。為了遏止荒唐的行為，我們徹底地巡邏，並且把那樣做的村人抓來盤問，結果對方通常會輕易地招供。只不過他們並不像從前那麼老實。有時候我們不得不和帶著棍棒、刀子、斧頭向我們襲來的盜獵者對抗。

我從十四歲起就開始學柔道，對於摔跤也頗有心得。而在日本也學了兩年柔道，

當時的段數是初段。就二十七歲的年齡來看，我最自傲的是體力過人。

然而一旦到野外去，就會發現那邊既有樹，又有岩石。在艱險的山路和斜斜的站腳處上戰鬥，可不像在平坦的道路、場所中行動那麼簡單。不管空手道的段數有多高，如果想要向後做迴旋踢之類的動作，腳底可能會一再打滑，如果不小心摔倒，膝蓋的肌腱也可能會扭斷。而且，即使是在光明正大的決鬥時刻，徒手和對方打，結果使得沒練過功夫的對手受傷，受到警察先生或法院責難的，也會是我們這邊。這些全部都是從以前的痛苦經驗中所學到的教訓。總之，整整兩年之間，我逮捕或審訊犯人的時候，不但沒攜帶過手槍和來福槍，就連任何可以稱得上是武器的東西，也一次都沒拿過。

趁著任期中的空檔，一連好幾天，我都到山裡去了。為了應付所有的地形，我穿了靴子，身上還揹著非常標準的裝備。一個人靜靜地反覆練習空手道時，也充分地理解了自古以來所流傳下來的「型」的概念。雖然說那一連串的動作怎麼看都複雜得不得了，但是在任何情況下都必須不使招式崩解、行雲流水地移動。這就是我所體認到的。

如果能在良好的環境下勤奮不懈地練習，要刷新奧林匹克運動會或者是

全世界的新紀錄，絕對都不會是夢。然而，即使如此，那還是不足以用在實際的戰鬥上。

說到跑步，我所管轄的那些管理員中，也不乏一流的田徑選手。不過無論如何，大家除了抱著來福槍、揹著彈藥袋、水壺和食物之外，還是都必須穿上沈重的長筒軍用靴，在高原險峻的山路上來回地練跑。再沒有比這個更有用的訓練了！

從前，我在那霸的酒吧喝酒時，曾經和一個高中的棒球隊教練聊過一會兒。他所率領的小隊，是全國首屈一指的強隊。根據那位教練先生說，事實上最近這幾年來，選手時常受傷。身高很高、體力也不錯的年輕人們目前最欠缺的正是「平衡感」。因此他認為必須強化這個部分，所以硬是設計了山區和沙灘上的特別訓練。

說起來確實如此。在到AFAN森林來拜訪的人們當中，踩到泥濘或凹凸不平的地方時會摔倒的，二十幾歲的年輕人要比四、五十來歲的人多很多。而雖然年過六十，但仍老當益壯地在原地站得穩穩的人卻不少。我想大概是因為年紀較長的人們，在幼年時期經常到戶外遊玩的緣故吧！當他們在草原上馳騁、在山林裡奔跑的同時，也正一點一滴地培養著對自然的感受以及平衡感吧！

我在黑姬擁有著一個雖小但全然屬於自己空間的空手道場。因為那就位於二樓的書房中，所以每當我完成一天的工作之後，一定會到那個道場中流流汗。不過，一九九四年八月，我對空手道老師金澤先生提出了到野外去練習的要求。那是為了要適應土地、使身體能感受地形的變化。老師爽快地答應了，帶著包括我的三十多名學生，在夏日的豔陽下勤奮地練習。雖然僅有短短的幾天，卻是非常棒的經驗。話雖如此，練習結束後，整整兩天我全身筋骨都痛得要命，簡直是連下床都舉步維艱。是和大家一起練習、過招的時候，太賣力的緣故嗎？還是純粹只是上了年紀的關係？總不會是因為喝了威士忌害的吧？

啤酒乾杯

位於英國布里斯托海峽（Bristol Channel）中，從威爾斯出發，經過康瓦爾（Cornwall）半島一點點，就挨在半島旁邊的小小島嶼蘭迪島，是我難以忘懷的回憶之地。一九六〇年，我以動物保護官助手的身分，在這個島上度過了好幾個月。那時我主要的工作是「替鳥兒作記號」——攀登到懸崖邊，在海鳥們的腿上套上標記環，並且還要負責回收一些老式燈架的零件。後來，雖然那些燈架都被打掉，島的兩端也改建起現代化的燈架了，不過在當時，那些舊燈架可是擔負著島上氣象觀測站的作用呢！

助手的薪資只有一個月一英鎊那麼微薄。手頭甚至是緊到每天的飲食都很寒酸、還得向島上唯一一間小酒館「賒帳」的地步。因此，我每個月兩次，都會搭上送貨到島上來，名叫「鰹鳥號」的船，到蘭迪島本島各地去賺錢。我以登記有名的職業摔跤手身分在大小城鎮中巡迴比賽，格鬥獎金（fight money）是一次比賽十五到二十英鎊，就當時而言算是不壞的賺頭。

事實上，我還有另一個重要的副收入來源——兔子。那是蘭迪島流行兔子的致命瘟疫——「兔傳染性黏液瘤」（Myxomatosis）之前的事，當時島上到處都是兔子。由於數以千計、繁衍過剩的兔子已經變成了害獸，射殺反而會得到獎勵。因此我便拿起附有精確瞄準器的二點二口徑單發式來福槍，使盡渾身解數地獵兔子。

在那座小小的島上，不論是對保護官還是對我而言，海鮮就不用說了，兔子肉更是珍貴的蛋白質來源。然而比那更難得的是，蘭迪本島上有著想要向我買這東西的肉店！一直到現在，兔子肉都還是任誰都能輕鬆享用的美食。對於懷念著那個滋味的人們而言，不生病的「蘭迪兔」曾經是令他們信賴的品牌。

和被散彈槍打得坑坑巴巴的兔子不同，我一發獵中的兔子賣價非常不錯。一隻三先令六便士，平均一個禮拜可以獵到六十隻，其中大半都賣到肉店去。

在島上來回走動、從懸崖上拉著繩索往下，一邊忍耐著海鳥們交互攻擊的嘴喙，以及可怕的鳥糞攻勢，一邊在鳥腿上套標記環，這可是一件相當艱辛的工程。每回工作告一段落的時候，喉嚨一定會又乾又渴，這時到島上僅此一家的小酒館喝上一杯帶有苦味的啤酒，無疑是最棒的享受了！不過，此時我全身往往都沾滿了鳥糞，以及被鳥兒吐得滿身的髒東西，成了一個臭得不得了的「臭男人」。因為沒道理要店裡其他的客人忍受臭兮兮的我，所以有時候，就只好請保護官把屬於我的份的大杯啤酒外帶回來給我。回想起來，滲入我乾涸喉嚨的冰涼啤酒汁，簡直就像蜜一樣甘甜。

實際上，島上的飲用水及生活用水，全是靠著集中雨水所得來的。所以即使要勉強說客套話，也很難說它好喝。正因為如此，特地用船載過來的啤酒，不但味道是特級的，價錢也是特級的。

我再度拜訪蘭迪島，已經是那過後二十七年的事了——這次，我是和我的日本妻子與交響樂團一起去的。被深切的懷舊之情所催促，我立刻就將一行人帶到之前所說的那家小酒館去了。店面和當時比起來，已經擴大許多了。這大概是因為這個島也拜直升機所賜，吸引了大批觀光客來訪的緣故吧！我一進去馬上就點了啤酒。那是略帶苦澀的滋味，貨真價實的甘美生啤酒。大啤酒杯一空，就有人間不容緩地替我倒進第二杯。等我回過神來時，已經完全醉茫茫了。像我這種海量，竟然會因為兩杯啤酒而醉倒？這件事連我自己都覺得驚訝萬分，不過我的身心確實是感到舒暢無比。

我是當時才發現那啤酒是當地人為了這一家店，特別在蘭迪島本地釀造的。酒精

濃度有百分之八。隔天，我到釀酒廠去拜訪了。據說他們一個星期約生產五百升左右的啤酒。用石灰塗料修飾過的石造建築物中，四周環境顯得非常整潔，走進去之後發現，裡頭從釀造用的大酒桶開始，應該有的釀酒設備差不多都有。

據說最先釀造這種啤酒的原本就是本島人士，後來由某一位師傅將這種手藝傳承下來。他安裝設備、購置釀酒時需要用到的一系列工具，並且還實地教導啤酒的釀造技術，是這個領域的專家。因為他的徒弟想將釀造出來的啤酒商品化，所以又將酒廠遷移到另一片土地上。

他們完全是合法經營，不但帳冊造得一清二楚，也依規定納稅。首先，這種做法是相當合理的。因為無論如何，倘若要從其他地區運送啤酒過來的話，勢必要一箱一箱從船上搬下來，然後不得不通過險峻的山路，才有辦法送到。一想到要那樣千辛萬苦，就會發現直接在這個島上釀啤酒，可以省下多少倍的工夫了！

後來，回到黑姬家中的我，一直在做著一個美夢。我好想蓋一間像蘭迪島上那家啤酒廠那樣的、小小的釀酒廠。必要的工具也可以在國外買，再寄送過來。那些東西在美國各地都買得到，不然就在英國買好了，拜託之前遇到的那位好像是釀酒師傅的工作人員幫忙，在小酒廠上軌道之前都要麻煩他了！

如果是用黑姬的水的話，一定能釀出最棒的啤酒。釀出來不只可以自己喝，說不定還能拿到朋友們的簡易旅館裡面寄賣呢！因為這是本地釀造別處買不到的、我最喜愛的、有著帶勁的苦味的啤酒。

這三年來，我透過各種管道，設法取得釀啤酒的許可，不過得到的回覆都是千篇一律的不准。據說因為酒精專賣法的緣故，似乎就連鄉間的小小釀酒廠也不能釀啤酒了。我剛好有個為了商品的進口，正努力與日本各省廳交涉的美國朋友，我請他幫我詢問這個問題。明明有許多地方酒都被允許釀造，為什麼獨獨啤酒不行呢？結果據負責的官員回答，政府有意停止各種地方酒的釀造。聽到這個，我無法再默不作聲。

我傳電子郵件、打電報，透過一切媒介表達我的看法，也嘗試過當面陳情。然而事態一點改變也沒有。所有結果都是——只有大企業能夠釀造啤酒。這似乎已成定局了。大企業貯藏著大量的瓶裝麥芽威士忌，而普通老百姓卻連釀造一些自己喝的啤酒都不行。

有個機會可以親眼面見當時的首相細川護熙的我，認為這位先生應該是可以信賴的。細川首相在各方面都推行著「規制緩和」（譯注：管制解除）政策。當我知

道其中包括啤酒的開放時，不禁十分佩服他的遠見。這個政策推動起來，不僅僅是在地的地方酒，連「在地啤酒」都可能可以釀造。我欣喜若狂，也許盡情地飲用黑姬本地出產的最高級的啤酒，再也不是夢了。

我認為從環境保護的面向來看，釀造在地啤酒也是非常有助益的。如果能省下千里迢迢從東京運啤酒過來的工夫，不知能省下多少能源呢！我願意擔保，憑著黑姬優良的水質，一定可以釀造出能賣到蘭迪島上的啤酒。

公園管理員

我在環境廳長官的私人諮詢機構「環境與文化研究會」任職時，曾經提出一份加進了自己兩個建言的報告書。雖然面對面的話，我一定能提出更多建議的，不過即使只能以書面的方式陳述，我的報告書還是大放異采了。這可能是因為研究會的成員之中，只有我一個人擁有擔任國家公園園長的經驗。

我曾在衣索比亞的塞米恩國家公園擔任園長，當時與一名助理及二十名武裝管理員一起駐紮在當地。我從後來接任我職務的年輕助理那裡學到了相當多的事情，可以說從非洲的野生動物到衣索比亞人的生活，都全盤了解透徹了。據說他曾經在坦尚尼亞唯一一所專門培育國家公園管理員的大學，接受過訓練。以他為首，每當我和這所大學出身的非洲人接觸時，都深深地感受到那裡的教育是一流的。

我在致環境廳長官的報告書中，提出了日本國家公園的管理員和嚮導人員不足的問題。塞米恩國家公園只比知床國家公園大一點點，不過，那裡的管理員數量卻多非常多。根據我的記憶，知床國家公園裡只有兩名管理員而已。大體上來說，日

本的國家公園管理員，因為被辦公室作業搞得暈頭轉向，反而沒有時間進行重要的野地活動。我建議環境廳應該擴編管理員的人數、加強舉辦野外訓練。當時的長官接受了這個想法，之後也確實增加了管理員的數量。然而，那還不夠。

我另一項強力的進言，是創辦專門培育包括管理員在內的野外環保專業工作者的學校。兩年的課程中，將以野外訓練為學習重點。日本這個國家，雖然投注了許多金錢在支持海外的環保運動，但本身卻相當缺乏重要的人才——受過正規訓練的野外環保工作者。不論男女，都可以在野地學習在自然中生存所需的智慧。學生將在帳篷或自己建造的小屋中生活。當然，那裡既沒有電，也沒有自來水，只能使用最有限的工具，處理一切可能發生的危機。

而且，不僅僅只有如何活下來的問題而已，每個人都還揹負著屬於自己的任務。在小村落裡導入太陽能系統；在要進行林木砍伐或建造水塔之際，實施可信度高的環境評估；有時候也會擔任自然紀錄片拍攝時的嚮導人員。

在日本，小孩子不要說是用斧頭，他們甚至連鉛筆也不曾親手削過一支。年輕人連生火都不會，更別指望他們懂得殺雞、拔毛、取出內臟這種事了。至於救援活動又如何呢？我在山難的電視新聞中看過好幾次那種光景——幾十個穿著制服的年輕人，手足無措地呆呆站在現場。這麼說雖然好像很殘酷，但這是真的。

對於日本目前的國家公園管理員而言，紮實的野外訓練是不可或缺的。這個看法，也獲得了大多數活躍於各個領域第一線的日本人的認同。

我的報告書被廣泛地傳閱，不僅受到許多在「日本野生生物研究中心」積極進行研究活動的學者讚許，環境廳那邊也給了我不少言語上的鼓勵。並且大致也依循著我的提案，開始推動新的兩年制專門學校的創建。

學生首先必須要在基礎生態學、環境法、污染的管制、田野調查的方法和思考方式各方面，進行集中式的學習。我們也打算實施種種的野外訓練，培養學生緊急應變的能力，教導他們搜索救援的方式，以及野地求生法等，如何在大自然中存活下來的智慧。這些本來就是管理員必須擁有的基本能力。從斧頭和鏈鋸之類的簡單物品開始，到調配水中化學藥品濃度和成份的裝置等野外活動不可或缺之工具的使用方法，以及抽樣調查的方式，還有滑雪越野賽、穿著踏雪套鞋步行、操縱橡皮艇和動力雪橇、駕駛四輪傳動的車子等，都非學不可。

我的報告書內容極為詳盡，我自己也以此為傲，但卻出現了意料之外的結果。我接受了赴任校長的東京大學榮譽教授左藤大七郎博士的強力邀請，接任副校長。

這所學校的成立確實是有其必要的，因此我大力提倡它的興建。但是，我也一直認為一定有人能夠擔負這個重責大任。沒想到又是哄騙、又是脅迫地，我被拱上了副校長的位置。倘若能自由選擇的話，我是多麼希望可以有一個分身立刻飛奔到北極去。小說也還想繼續寫，所以也需要留點時間出去採訪、找題材。話說回來，雖然很希望能有跟我處境相似的人為我設想，不過我也明白如果推卻的話，絕對無法使日本人起而效之。形勢所逼，我怎麼樣也拒絕不了。

一九九四年四月，我確定接任「東洋工學專門學校」。有了環境廳做後盾，現在正是需要尋求相關省廳和民間團體協助的時候。森林管理、搜索救援活動、污染防治、環境改良、水源保護等等各方面，是少不了其他團體的協助的。

目前，我們預計招收一百二十名學生，學生的入學資格是滿十八歲以上。兩年的課程規劃中，至少要包含六個月的野外訓練活動。學校的營運要是上了軌道，隨時都歡迎從海外來的留學生。

由於責任重大，老實說，我常常覺得心情煩躁。在北極的冰原上，看過若無其事地走在一眼望去就知道冰很薄的地方的年輕人，也有一些人竟穿著踏雪套鞋踩進深池裡面。為了要砍懸崖上的樹木，我還曾經弄壞我最好的一把斧頭。某位年輕的編輯，在我離開座位去接電話的時候，拿起我放在一旁的散彈槍突然對著攝影師開槍，還邊笑著說：「砰！砰！看，你死定了吧？」（好險，我那把槍沒裝子彈！）到了二十歲，仍然連死結也不會綁的年輕人，還有因為手腕軟弱無力，何止是斧頭這種東西，連鐵鎚也拿不動的年輕人，我就看過好幾個。正因如此，令人不得不感到憂心。

不用說，在野外特別容易遇到意外，危險性也很高。我們力求以謹慎和小心為本，施行一整套有系統的訓練。最主要的著眼點，是在發展學生們的應變能力。既要培養他們作為一個野外專業工作者的觀察力，也不得不讓他們學會做精細記錄的方法。每一回到野外去，通常都會碰到必須要被迫立即做決斷的事吧？自己的生命要靠自己來守護，當然，還得照顧到其他人。守禮、體貼、協調性——追根究柢，必須善用作為一個「個體」，獨特的資質。

這幾個月來，我經常聽到某句日本諺語。雖然是直接了點，不過我要把這句話送給一些愛說大話的外國人們，小心不要變成「光說不練的人」了！

這句話的意思就是，提出某種論點的人必須率先做給大家看。對了，有沒有人要出去幫我買個啤酒呀？

開著蘋果花的湖畔

從前，在總部設於溫哥華的加拿大政府環境保護局上班的時候，我認識了許多非常棒的朋友。其中有兩個，與我除了在工作方面以外，還擁有著許多共同點。

有一位是弗雷德·考區。他既是釀造葡萄酒的專家，也和朋友一起組樂團，負責彈貝斯，是一個不分種類，只要是音樂全都喜歡的人。在工作方面，他以一名技師的身分，在卑詩省哥倫比亞大學任職，專研下水道和生活用水的排水問題。回想一九七〇年代初期，和我相識的時候，他正在做一件政府委託的研究工作。

另外一位是艾德里安·鄧肯。他和我同是環境保護局的上級技師，負責重新評估林林總總的專案，並且提供建言。由於在加拿大，環境的評估做得非常徹底，因此鄧肯所做的工作是核心工作。

他也是一個另類的音樂家。他會彈的樂器非常多，幾乎是你想得出來的他都會。而且其中有幾種，他的彈奏水準稱得上是職業級的。他本身最喜歡的樂器是古典吉他加上班卓琴（banjo）、西班牙吉他、曼陀林（mandolin）、曼陀拉琴

（mandola），還有魯特琴（lute）。據說只要撥動琴弦，他就能感受到無上的喜悅。艾德里安除了這些，從包括便士哨在內的小型橫笛開始，到長號、手風琴、口琴什麼都玩。

我們三個人，再加上幾個其他不同領域的朋友，常常到處去表演，開小型的音樂演奏會。我負責唱聲樂、並且兼任地方公演的經理人，和「如影隨形的保鏢」。所謂環境保護這種工作的性質，接觸到的幾乎都只是惡劣的現實面。心情低落的時候，只要和好朋友一起唱唱歌，就會感覺到自己似乎得救了。

漸漸地那股熱潮越來越高漲，我們開始有了想要擁有自己的錄音室的念頭。我們借用了吉他店的地下室，改裝成四坪大的錄音室，努力製作demo帶。當時我們也出了兩張左右的錄音帶，當然都賣光光了。話說回來，我們本來就是一群因為喜愛音樂而聚集在一起的夥伴，只要高高興興地玩音樂就十分滿足了。

後來，這裡有在錄製格外便宜的 demo 帶的消息傳開了，因而吸引了一個又一個想要一起做音樂的樂團。拜其所賜，我們的錄音室好像也慢慢變得有模有樣了。

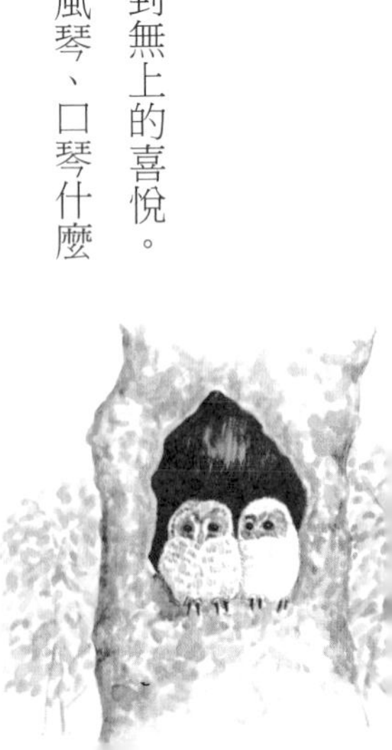

一九七八年，我再度訪問日本的時候，我們的錄音室已經變成「牛蛙錄音藝術家工作室」這個規模雖小，卻擁有著齊全的最新設備的一流錄音室了。那也是弗雷德和另一位夥伴努力的結晶。成立以來，這個錄音室不斷將許多足以獲獎的名曲放送到世

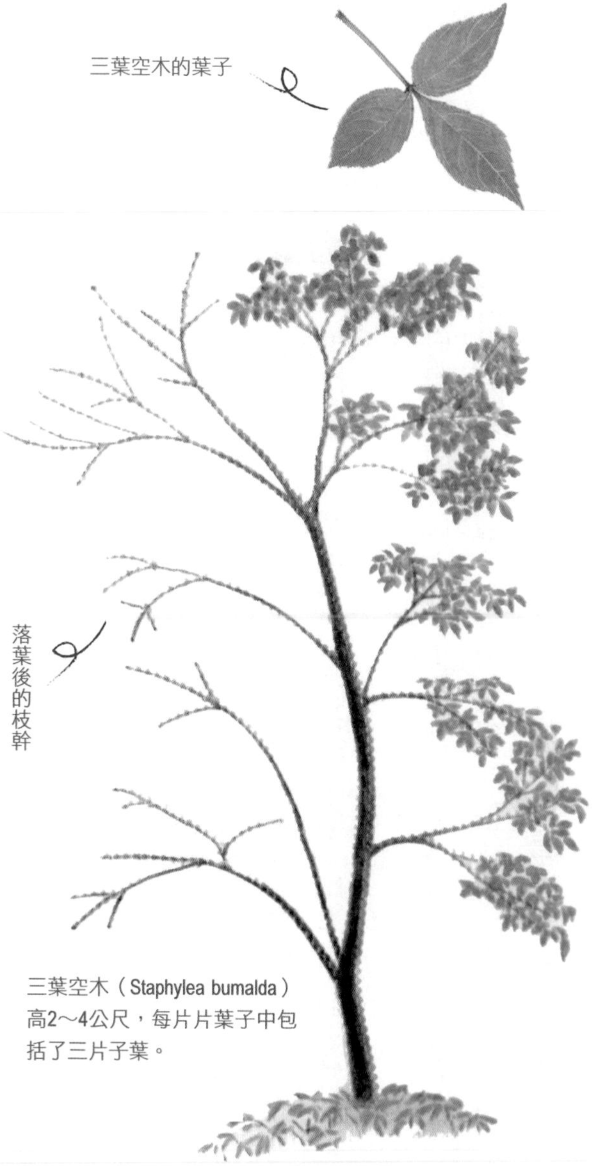

三葉空木（Staphylea bumalda）
高2～4公尺，每片片葉子中包括了三片子葉。

界各地去。特別是在鄉村和西洋音樂、民族音樂等領域中，戰績格外輝煌。

我以前曾經把弗雷德告訴我的故事寫成歌。那是他少年時代的回憶。當時他們一家人生活在卑詩省哥倫比亞州的一個美麗山城中。聽說那裡擁有一大片幾乎要將山谷埋沒的果樹園。少年弗雷德經常跑到果園裡去，爬上巨大的老蘋果樹。

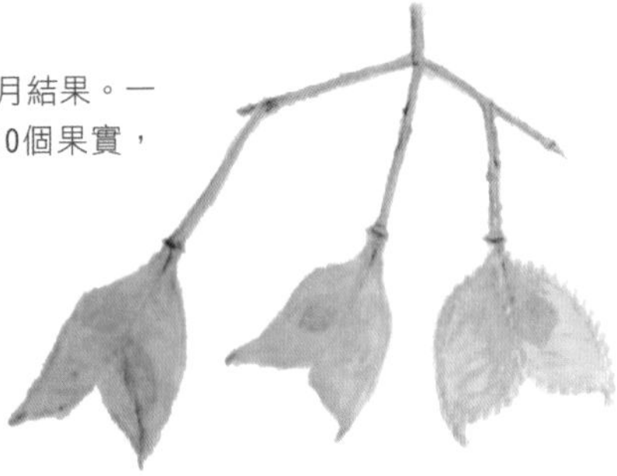

三葉空木九～十月結果。一個花苞裡有5～10個果實，直徑約3公分。

蘋果樹開滿花的時候，他甚至會爬到樹枝的邊緣上。他說從花朵中間探出頭來四處瀏覽，可以發現山谷完全被一片淡粉紅色和白色的雲靄籠罩住了。抬頭看天空，望著浮雲掠過時，會產生是自己不知不覺移動了的錯覺。想必大家都不曾有過那樣的經驗吧？少年弗雷德就那樣搭乘著蘋果花組成的雲朵在空中飛翔、俯瞰佈滿了美麗果園的山谷，陶醉在自己的想像之中。

一直到有一天，加拿大政府和美國締結了契約，為了供水到南方去，開始建設許多巨大的水塔。因為如此，果園的樹木被砍到一棵也不剩，村人們變得只能追憶昔日的故鄉。小小年紀的少年弗雷德，心是感到多麼地痛呀！

被他的故事觸動的我，立刻寫了一首歌。最初我用英文書寫歌詞，沒想到竟變成了一種抗議歌曲。即使被人嫌棄地抱怨了，我還是大言不慚地回說因為我本人就是聽著這類型的歌長大的世代。不過因為那個緣故，在為這首歌填日文歌詞的時候，我開始有了寫一首簡單的、為孩子寫的歌曲的想法。以這首歌曲參加一九七八年「山葉大眾歌曲大賽」的我，隨著拍子咚咚響，連續贏得了東京大賽和關東大賽，到了最後揭曉的時候，竟然獲得「全國大賽準優勝」這個意想不到的結果。

我長年把寫歌當作嗜好，持續不斷地寫著。兩年前，知道東芝 EMI 決定幫我出第一張專輯ＣＤ的那一刻，我的眼前最先浮現的是弗雷德和艾德里安的臉。飛奔到加拿大和我懷念不已的夥伴們，在懷念不已的錄音室錄完專輯之後，接著就跟隨岡林信康先生率領的樂團一起展開了巡迴演唱之旅。這位「日本的鮑伯狄倫」，也是我一位不可取代的朋友。

和以弗雷德和艾德里安為首的、意氣相投

三葉空木五月左右開花。沒有花瓣，雄蕊的花苞長約10公分左右。

的好朋友一起旅行雖然是件快樂的事，不過坐著列車隨旅途前進，朋友們眺望著車窗的臉漸漸黯淡了下來。這趟旅程，還有艾德里安的妻子蘿娜同行，她也是加拿大卑詩省哥倫比亞州的生物學家。這三位全都和環境保護密切相關的人士，每當火車通過河面上，看見那慘不忍睹的情況時，總會發出悲切的呼聲。水泥堤防。河岸寸草不生。一目了然的污染慘狀。「尼可，這太糟糕了！這種狀況在加拿大是絕對不可能會發生的啊！」

我一個字也沒回應。因為非常喜歡日本這個國家，所以才在這裡定居。如果可以的話，我也很想申辯。然而，究竟還能說些什麼呢？連續好幾年，好幾千個日本人，包括我自己，都會同樣地全然無言以對吧？

在對黑姬原始的自然感到驚豔的同時，弗雷德他們也開始擔心起野尻湖來。心裡一覺得悶，我們就會演奏樂器、唱唱歌，以抒發心情。

說起來，弗雷德、艾德里安和我還有另一個共同點，那就是我們三個人都愛喝威士忌。因此，我想了一個這樣的點子：第二張專輯就來收錄與威士忌有關的歌曲吧！這樣不就可以打個工作的名義喝很多好喝的美酒，又可以回到溫哥華和好朋友們共享歡樂時光了嗎？種種美好想法，宛如美酒泉湧而出一般。託東芝 EMI 公司

支持我這個企畫的福，過去的六個月中，我和艾德里安一起進行了錄音工作。這張專輯中網羅了包括蘇格蘭、愛爾蘭、美國、加拿大，以及英格蘭等地的許多威士忌歌謠，同時也收錄了兩、三首創作曲。

正因為我現在是威士忌酒的愛好者，更深刻地明白不應該將愛護自然環境這件事忘懷。在秘藏的麥芽威士忌中摻進充滿氯臭的自來水，讓酒壞掉，或者更嚴重地混入了船艙中的污水，提供給更多經常喝到天亮而酩酊大醉的船員們飲用，這種事，我是絕對不允許的！

非常令人高興地，弗雷德和艾德里安很快就要來我黑姬的家中作客了。我們大概又會討論起生活用水的排水、地下水處理問題、森林和河川保護問題，討論得沒完沒了了吧！之後邊喝酒邊唱歌，那樣也很棒。現在，弗雷德擁有日本第一流的客戶。他正從東京大學開始，到好幾個大學研究所去做研究。至於艾德里安，雖然因為工作上的關係，說出的話大部分都不是出自肺腑的，不過他一定會強迫我接受我不認同的意見。但無論如何，我一心期待著即將到來的重逢。

秋

Autumn

聽說是敲一敲山蕨菜的根部，
澱粉就會伴隨著大量的水份流出來。
可以用來當作食材，
山中野菜的多樣程度令人驚嘆。
而且，其中有不少無論在滋味或是養生方面都很棒。

岩手縣

九月剛開始的時候，我到岩手縣去了一趟，與多年好友高橋博士共度了一段時光。高橋先生之前在東京大學擲林學的教鞭，長年做著森林產量維持管理的工作（今年度的森林生物資源若是減收，一定要使明年度的收穫增加作為遞補的工作），並且針對生物的多樣性做研究，曾以此獲頒「愛丁堡大獎」。不過，聽到他的綽號「土龜老師」就知道他是誰的人，應該比較多吧！

在北上車站中和老師會合之後，我們一起搭了一小時的車，前往位於栗駒國家公園裡的溫泉旅店。

一路上，有許多令我印象深刻的事。其中一項，就是路面實在非常整潔。不但是市街如此，即使到了郊外，也可以說完全看不到一片垃圾。從前我到岩手縣來拜訪時，就發現這件事了。這是非常難得的。在日本，不管走到哪裡，都會發現有人亂丟垃圾。空罐子、空煙盒、煙蒂、塑膠袋和空便當盒⋯⋯，全都是出門兜風的人

在漫漫秋夜裡哼唱「威士忌之歌」。

們，從車窗裡不在乎地丟出來的礙眼東西。就連我所居住的長野縣的黑姬當地，也照丟不誤。沿著道路兩旁形成的、連綿不絕的垃圾山，相信大家應該都看過吧！

岩手縣卻不是如此。

一到郊外，會發現路旁並沒有垃圾山，取而代之的是美麗的花朵。草皮的邊緣排列著裝滿泥土的小袋子，其上種植著紅色的撒爾維亞花。安全島上則種滿了金盞花。據說，大多數的花都是以年長者為中心組成的義工團親手栽植的。那情景讓人看了就心情舒坦。那裡充滿了在地人對故鄉的愛護與驕傲之情。

到達預定的旅店時，看到放在那裡的熊標本，胸口不禁痛了起來。雖然這是在旅館之類的場所時常會見到的景象，不過，這裡放的卻是一對母子熊，母熊所攜帶的幼熊年紀看起來還非常的小。從本州到北海道，到處都可以看得見這樣的母子熊標本，然而，當地人似乎對這種情景完全無動無衷。大概是小熊一生下來就刻不容緩地跑到可能有巢穴在的地方狙擊牠們吧！這種獵殺行動一定是打著一貫的「驅逐害獸」的名義進行的。

溫泉雖然很棒，可是卻不得不沿著險峻的山路下到河川那邊去。旅店的客人瞪大眼睛看著泡過熱湯、又全身浸在冷冰冰的河水中的我。他們說因為冬天會下雪，所以旅店會暫停營業。我不禁想著，到這裡來滑雪也會是一大樂事吧？因為雖然沒辦法將溫泉水引到澡堂裡去，不過這熱水可是一年到頭、不論何時都會湧出來的。

晚餐也很美味。我們一邊吃著冷水浸的生鯉魚片加上香菇和蔬菜一起熬煮的燉物，以及一盤盤端上來的豐富的山菜料理，一邊盡情喝著多到可以泡澡的啤酒和日本酒。

隔天，土龜老師和我舉行了公開對談，過程也在電視上轉播了。會場設在「陸奧民俗村」——北方一片遼闊的混合林中，那裡是一個主題公園。在那個民俗村的博物館中，展示著以史前時代的遺跡為首的展品，可說是一眼就能夠清楚閱讀的土地自然誌，相當具有參觀的價值。其中最棒的區塊，是展示著從繩文時代開始，到明治時代後期的一系列日本傳統民宅精巧復原品的角落。展示的數量實際上超過了三十間。

每個人在逐一觀賞之間，大概都會重新被那些屋子的精湛之處撼動。只使用大自然的素材所建造出來的漂亮住屋，每一間都散發著傳統之美。就連極端簡樸的木造房子，都能令人感受到日本人高度的美學意識。我不禁思考著，這樣的東西，到底消逝到哪裡去了呢？

剛到黑姬來的時候，我住在據說是建造於江戶時代的大農舍中。粗大的木柱和屋樑、高聳的天井配上茅草鋪成的屋頂。如果可以的話，我是多麼希望村人能修復它、保存它，以各種形式維持它的原貌啊！然而結果卻是就在我們搬家的那一年，屋主打掉了那間房子。在長野縣，這種以茅草葺屋頂的民宅，絕大部分都面臨了相同的命運。其他地方大概也是一樣吧！

差不多就在十年之中，有好幾間這種房子竟然就這樣消失得無影無蹤。而當地的人們似乎一點也不感到惋惜。他們只要來參觀一下這個主題公園，一定就能了解自己失去的是多麼寶貴的東西！

當天，民俗村也來了上千個觀光客。但是不論如何，大家連一片垃圾、一根煙蒂也沒留下。這才是真正的文明啊！我深深地予以肯定。

對談結束後，我們被招待到明治初期的農家去吃飯。爐子裡燃燒的是木炭，桌上全是古早味的鄉土料理。我們談論著非常自然的、採摘山上野菜以及如何調理的

方法。此時我才頭一次聽到，原來東北地方有山蕨菜粉這種東西。據說山蕨菜的根部，可以萃取出純白色的澱粉。嫩芽可以吃，這個我當然早就知道了。我們家也都會摘那個來吃。然而，可以萃取山蕨菜粉我倒是完全不曉得。聽說是敲一敲山蕨菜的根部，澱粉就會伴隨著大量的水份流出來。可以用來當作食材，山中野菜的多樣程度令人驚嘆。而且，其中有不少無論在滋味或是養生方面都是頂尖的。

那一晚，我們在非常現代化的「城市廣場飯店」（City Plaza）過夜。服務很好、景觀也不錯。放眼望去，可以看見北上川的兩岸種植著許多綠油油的樹木，這也就表示河岸沒有鋪混凝土。對岸有著點點白鷺的身影，還有放下魚線垂釣的男人和少年們。因為河面寬廣，即使竹筏或皮艇划過來，似乎也不會打擾到那些正在釣魚的姜太公。那邊也是一樣，河堤當然是以保護河岸用的柳樹種植而成的，一片垃圾也沒有。

土龜老師還帶著我回到他出生的故鄉——位於澤內村的碧雲寺去。那裡四周都被森林所包圍，實在讓人印象非常深刻。這裡也有一個將雪國的生活傳遞到現代社會來的博物館，展示著叫做「叉」的獵人們狩獵的方式和相關道具，甚至還有著據說大正天皇曾經親訪過的、供奉著海軍軍服的小神社，十分令人歡欣雀躍。

我們和土龜老師的兄長喜平先生一起用餐。聽到他現年已經八十四歲了，不禁因為他看起來只有六十歲左右的容貌感到吃驚。他很早就在雪崩和山地氣候、熊的研究等各領域中頗負盛名了。飯桌旁還有另一個人據說也年近八十了，他是土龜老師的弟弟，一位熱衷採集化石的收藏家。

與這三位先生一起談笑時，似乎還能感覺得到他們少年時期的朝氣。對於擁有豐富自然資源的土地——岩手，那舊時代的美好生活，我一時有些嚮往。

急流

我停留在十月的九州，在熊本與好友野田知佑先生一起做了一場演講。隔天，我們兩人決定搭乘橡皮艇順著球磨川往下游走。我們將橡膠製的皮艇搬到河岸邊。那是要打氣讓它膨脹起來的那種船。我們的頭頂聳立著人吉城的石牆。那是個萬里無雲的好天氣。倘若忽然間抬頭一看，會發現可愛的紫羅蘭正從城牆的石子中間，悄悄地探出頭來。在我居住的黑姬，只有春天才可以看見紫羅蘭。

說到野田知佑先生，他可是一位遠近馳名的獨木舟駕駛者。擁有著在邁克肯茲河和育空河順流而下的非常經驗。針對日本河川的現況，他對於行政者應該負起的責任直言不諱。對於這個國家的美麗河川是如何被破壞、現在還帶著怎樣的創傷知之甚詳的他，在言論中對那些惡行絕不寬貸。朋友們全部都非常崇敬他的人品——他深謀遠慮、善體人意，並且胸襟寬廣。而且，為了讓殘障人士也能享受到一點人生的樂趣，他持續不斷地做著各式各樣的努力。譬如說，不得不坐著輪椅過生活的人，到了橡皮艇上頭，其實和我們擁有相同的駕駛條件。想要讓更多人知道，他們即使只有自己一個人，也能以不輸給任何人的速度，自由自在地享受划船的喜悅。這就是野田先生的心願。

這次參加的成員包括三位女性和一位男性，似乎是考慮到每一位都是初學者，野田先生特地選了大型的橡皮艇。這種皮艇比我們一般常用的更具穩定性，因此也比較不容易翻船。

順流而下的過程中，我們還看到了潛水裝打扮的漁夫先生。他說由於石頭沈積在河川中，形成了一堵牆，鯰魚都游到支流裡去了，所以才在那邊撒了網。那裡也看得見優美的白鷺與蒼鷺的身影。越是靠近下游，越是能看到岩石上那小小淡水鵜的身影。

剛開始的兩個半小時幾乎沒遇到什麼真正的急流，我心裡也不禁想著：「今天就悠哉地順流而下吧！」我這邊負責的工作是指揮大家一同擺出陣式，其實也只不過是告訴坐在船頭的女性，船槳該划向左還是向右而已。我回想起和野田先生兩個人搭乘獸皮艇，在加拿大巴芬島坎伯蘭地區划行時，北極鯨就近在身旁的事。那個時候，四周的海面都結冰了，那種狀況是如果掉進海裡，只消幾分鐘就會和人世永

別了。然而現在，河水卻是溫暖的，即使翻船，也許反而還會覺得很舒服呢！

接著，我們為了要吃午餐，稍微休息了一下。隨行的汽車送了便當和啤酒過來。

「剛剛好來到半路。」野田先生說，「雖然光是划到這裡就非常好玩了，不過接下來，更是意想不到的有趣喔！」

他邊這麼說著，邊回過頭來對我竊笑。我總覺得他那表情好像是在說：「一起來故意把橡皮艇弄翻吧！」

載滿觀光客的長型客船行駛而過。

「我們今天打算划到那艘船平常不會去的地方。到這裡為止，只剩兩、三個急流還未遇見，因為我們總共已經突破了三十八個急流了。剩下的其中兩個，一定會是非常刺激好玩的！」聽到這個，我咕嚕咕嚕叫的肚子好像在說，為了不

山雀（山雀科），長約15公分，會將將餌食壓踩在腳下進食。

要讓人家特地準備的御飯糰弄濕，全部掃光比較好！

從前，注入八代海的球磨川，向來都以它的自然之美聞名。這條河出海的時候，流速變得非常快，形成的路徑十分有趣，裡面的魚兒也很多。然而，隨著河的上游蓋起了水塔，河岸森林的面貌跟著改變，河川的水量一下子銳減了。河堤漸漸被混凝土攻佔，到現在似乎已經阻止不了了。那一天，野田先生始終默默壓抑著胸中的遺憾。

果真，一進入後半段，流速便激增了。打頭陣的是對球磨川非常熟悉的野田先生。水面冒著白色泡泡，表示這個地方有岩石正往水裡下沈。要是不留神，可是會被水流推去撞石頭的。一旦在往下奔流的河川中被捲進漩渦裡，光是驚慌失措是沒有用的。這時候最好不假思索地跳進水裡，從水底深處游出去。順利的話，應該是可以脫身的。

我的船上載的雖然是兩個女性，但她們兩個都很值得敬佩。雖說都是頭一次順流直下，但是在躍入急流中的時候，她們並沒有害怕得失聲尖叫，而是聽從我的指揮，一副拚了命的

山雀

樣子，奮力划著船槳。每當遇上激流的時候，坐在前頭帶路的橡皮艇中的野田先生，就會拿出照相機等待。他笑得非常開心，似乎是打定主意等著要拍我游泳的姿態。且慢，我才不會讓他稱心如意。雖然船有三次不得已地停在水中打轉，但是一次也沒有翻覆。

途中，我們也遇到了一群朝氣蓬勃的泛舟者。對方身上穿著全套防水衣，甚至還戴了安全帽，一副全副武裝、嚴陣以待的樣子。他們看到我們這模樣，心裡一定吃驚的不得了吧！

好不容易划到目的地的時候，也已經逼近黃昏了。每個人都全身濕透，打從體內冷起來。我們用被海浪沖上岸來的漂流木和枯竹子生火取暖，抽掉橡皮艇的空氣，歸心似箭地等待著來接我們回去的車子。野田先生並沒有就球磨川的現狀多說些什麼，只是指著以前的水位說，從前的水是滿到這裡的。注滿了大量的河水、滔滔奔流著的球磨川想必是非常美麗的吧！因為即使是曾經被人類的手傷害過的現在，依然還是這麼的美麗。

回到城裡的我們洗了熱水澡、換上乾淨衣服之後，便出來一起吃晚餐。那晚的好料是炭烤溪魚和燉鱸龜。我們就用這些東西當下酒菜，喝了許多燒酒。因

為酒精作祟，人也變得多嘴起來，而話題再怎麼樣都圍繞著河川。在歐洲，特別是奧地利和德國，為了使河川恢復昔日之美，正運用大自然的力量，進行著護岸工程。然而日本這個國家，全國各地卻都在反其道而行。我描述了在倫敦的泰晤士河見到的工程進行的情形——特地將混凝土堤防打掉，以柳樹和蘆葦栽植而成的籬笆取代。這樣一來，不論是魚兒、鳥兒，還是昆蟲，都可以安心的居住了。到頭來，柳樹的根要是在地底伸展開來的話，強度這方面應該也會比混凝土堤防更高。這美觀、堅固而又持久的天然堤岸，會永遠為我們阻擋著即將氾濫到鎮上來的河水吧！

我的朋友福留先生，是一位在歐洲與日本兩地學習這種自然護岸工程的土木技師。憑藉著技術與努力，一定可以讓受傷的河川恢復原本的風貌的——如此深信著的福留先生，以這樣的姿態在人們之中拋磚引玉。然而，雖然願意將他的話聽進去的人增多了，但令人痛心的是，環境的破壞卻也變本加厲了。每當我從書房的窗戶眺望鳥居川澄澈的水流時，總是會這麼想著——無論如何都不能讓在建設省上班的任何一個人，發現這條河川。

諫早灣

十月中旬，我造訪了長崎線的大村市。受到助手福田哲也君父母家的關照，進行了一場演講。在那裡停留的期間，我接受了許多著迷野生生物的愛好者們的邀請，到諫早灣的海塗（譯注：位於高、低潮位之間的海灘）去看了一下。那裡是各種野鳥聚集的「樂園」。注入有明海的諫早灣，作為一個水鳥的棲息地，在我至今看過的海灘裡面，算是首屈一指的。

我下了車，站在高高的防波堤上，傾身俯瞰海灣，胸中因為嘈雜的勺鷸叫聲而激動不已。果然不出所料，海塗上聚集著一大群的勺鷸——嘴喙朝下彎曲，那是澳洲勺鷸。其他還有各式各樣的海鳥聚在這裡。

那一天，海灣也湧進了大批的賞鳥者。其中有兩個穿著筆挺黑西裝的政治家，特別醒目。總而言之，他們似乎是受到愛好者們的懇請，過來這邊視察的。知道政府又有填埋海塗的計畫，有志者立刻就發起了抗議活動。況且，多達四千公頃的海塗若是被填掉，將會喪失無可取代的國寶。

日本政府不是也簽署了「拉薩姆國際溼地公約」嗎？既然如此，就更應該保護候鳥和牠們的棲息地才對。無論如何，現今日本全國各地正進行著種種的開發計畫——看得出來，那些計畫都會招致與環境保護正好相反的結果。

為我做介紹的山下弘文先生，這二十年來，一直都為了阻止海塗的填埋計畫而不斷地奮鬥著。當初在諫早灣全面填埋計畫中，包括海塗在內的一萬公頃海灘，幾乎全部都會一起消失。在以山下先生為首的各方人士的努力之下，總算減少到四千公頃。工程已經開始，正在興建巨大的防波堤。雖然是打著「防災填埋事業」的名號，事實上，這個防波堤卻被建在容易發生地震的海底中。根據山下先生的看法，這個建造工程本身蘊藏著可能引發嚴重慘劇的莫大危險性。

諫早的海塗要是被填掉四千公頃的話，不僅僅會剝奪掉兩百七十二種候鳥的棲息地，其他不計其數的珍貴天然資源也會遭受迫害。因為在這個海塗內，棲息著兩百五十種的甲殼類動物，以及多達一百七十種的魚類！其中包含著有名海的名產彈塗魚。在海塗中，有上百隻的彈塗魚在泥濘裡跳著走路，一旦感覺到有危險，便會一溜煙飛奔到洞穴之中。在這裡，也棲息著許多更小型的虎魚。

捕撈虎魚，是和養牡蠣等並駕齊驅的、諫早的漁業中不可或缺的活動。造訪海

塗的候鳥當中，也有著歐洲篦鷺、三趾鷸那種瀕臨絕種的鳥類。

在這裡，面臨滅種危機的候鳥種類正一個一個增加中，令人感到心情鬱悶。然而，光是那樣是無濟於事的。在這塊土地上，官員無視於本地人的抗議和國際的輿論，無疑是真真正正的犯罪行為。這方面，他們對於名古屋的藤前海塗雖然也是犯了同樣的罪，不過就規模大小而言，諫早是遠遠超過於那裡。

以投入高額稅收所進行的公共建設之名破壞自然——那背後必有黑金流動。這麼多年以來，我對那些利慾薰心的政治家和建設業者、與黑道掛勾的建設省的不斷指責，以及警察當局和有良心的官員們拚了命的努力，都化為烏有了，填埋諫早灣這種令人難以置信的建設計畫如今已經被推動了。據說藤前海塗也將再度被犧牲，名古屋市打算將那邊改建成垃圾掩埋場。不管是諫早還是藤前，現在的模樣，都是因為某些傲慢之輩濫用權力所造成的後果。

山下先生不僅是對這個海塗非常了解的人，也是一個不容易妥協的硬漢。正因如此，所以也曾經被人威脅。首先似乎是打算要他出資並讓出排水開墾地的權利，後來據說他們對堅持不肯點頭的山下先生採取了強迫的手段。在那種處境之下，他仍持續不斷地奮戰著。

打從古老的江戶時代開始，人們就有使用本明川搬運過來的泥沙排水開墾的情形。聽說他們會在兩岸佈竹椿做成防護牆，以阻擋泥沙。等到泥沙堆積得差不多時，就在四周築堤防，把那個地方當作耕地來耕種作物。花時間、運用大自然力量的老式排水開墾法，絕對不會破壞其他生物的棲息地。

不過，目前正在進行中的水塔建造工程，卻不是這樣。而且據說在填埋工作開始之前，要先把海塗的淡海水變成淡水。竟然要在養育著許多種生命的豐饒之水，這「造化的奇蹟」上頭，加諸人為的力量？！海塗的水一旦變成淡水，大概就再也看不見海鳥群聚的情景了吧！

以我看到的勺鷸為首，把日本當作中繼站棲息的候鳥非常多。這些鳥兒從西伯利亞東部飛到勘察加（Kamchatka）產卵，並且在馬來半島、中南半島或者澳大利亞過冬。其中也有一些會南下到菲律賓、非洲東部、馬達加斯加或印度去。對候鳥們而言，能治癒長途旅途的疲憊、補充滿滿營養的海塗，絕對是不可或缺的地方。日本明明知道這點，還推動海塗的填埋工程，這豈不是一種國際性的犯罪行為嗎？

一想到海鳥們群集的模樣、鳴聲，以及彈塗魚那滑稽的動作，我就不禁感到既傷心又無能為力。那邊，看得見至今還不斷冒著煙的雲仙普賢岳（譯注：位於長崎

縣的一座火山）。看著它那令人毛骨悚然的模樣，我思索起人類的將來。全然不去顧慮其他生物的人類，之後會步向什麼樣的命運呢？他們究竟什麼時候會明白，在大自然威猛的力量面前，人類再怎麼抵抗都沒有用呢？

我心裡有著一股想要抓住來視察的兩個政治家的手腕、對他們大吼的衝動，為了延續這裡的生命，不准破壞這個海塗！給我維持住大自然的原貌！我想對著他們這麼喊叫。然而，十分遺憾的，大概連他們也無法阻止建造工程吧！那兩個人在巨大的強權面前，和我們一樣，無非都只是軟弱無力的存在罷了。

那一晚，每當我即將要入眠的時候，就會被勺鷸悲切的鳴聲吵醒，就這樣直到天明都未曾闔眼。從長良川的河口堤壩開始，到名古屋的藤前海塗，還有這次的諫早……到底要到什麼時候，他們才願意正視現實呢？教訓已經太多了啊！

紫綬帶鳥是候鳥的一種，為繁衍下一代，五～六月會從東南亞往日本等地遷徙。

別去滑雪場

今年，在真正的夏天似乎還沒有到來之際，時序就已經進入十月了。實在是非常快呀！現在，我必須在地下室貯存柴薪，並且挖馬鈴薯、摘南瓜和長蔥。總之，就是把剩下的蔬菜全部都採收完。今年收成最好的，應該是香菇了。稍微打開一下桑納浴的門窗，那裡就會搖身一變成為製作乾燥香菇的烘乾室了。再過一陣子，還有四種蘑菇可以採。野菜應該也能摘到很多。一直到霜降為止，大概都還可以採收得到以包心菜為首的新鮮蔬菜，而紫蘇葉之類的東西也是用也用不完。

春意尚淺的時候，我們用家中養的老母雞燉湯，然後又抓了新的一群雞來養，如果牠們能在接下來的幾個星期之中下蛋就好了。到頭來牠們也同樣會面臨在我家廚房變成甘露的命運。沒有什麼生活比鄉間生活更好了。我對於不得不花很多錢採買蔬菜和土地的都市人，不禁感到同情。

隨著雪季的到來——雖然一直都期待著雪的信息——來滑雪的朋友們絡繹不絕。我到黑姬定居的理由有好幾個，喜歡雪鄉是其中之一。如果愛雪的話，就會想

滑雪，這是人之常情。我本身也不例外，不過我暌違滑雪場已經很久了。我感興趣的只有越野滑雪而已。

我剛搬到這兒來住的最初幾年，一到假日就會跑到滑雪場去。但是當我知道為了興建滑雪場，得犧牲多少寶貴的原始森林之後，就再也不喜歡去了。隨著滑雪場一直一直往上擴張，山毛櫸和茨樹等常綠闊葉喬木被砍掉了好幾百棵。只不過是為了得到多一點點的利益就這樣做，我無論如何都沒辦法忍受這種事。因此，我決定聯合大家抵制滑雪場。破壞日本山林的最大元兇就是滑雪產業。在泡沫經濟全盛時期，休閒觀光開發者和營建相關業者真的是隨便亂來。美麗的森林一旦以可怕的氣勢被破壞，就任誰也無法阻擋那洪流了。

擴音器發出來的噪音和音樂攪亂了山中的空氣，夜裡用的燈光吞噬了黑暗。已經沒有一個地方是安靜的了。再來是最糟糕的自動販賣機。因為那些放置在滑雪場下方的自動販賣機，山頂上所有爬山電梯的下面都堆滿了空罐子。

即使那樣，那些滑雪場的主人們還是覺得不夠，揚言應該砍掉更多樹才對。因為他們認為一直以來守護著森林的老樹「很危險」。

如果要我說，那些因為速度過快而失控撞上樹木的滑雪者是自作自受。

若是想要避免那些討厭的打滑情況，唯一的辦法只有加強練習而已。要不然，那些迴轉比賽（迴轉滑走）的技巧，是為了什麼而創造出來的呢？我想無非就是為了要避開樹幹。就算是古代的挪威人，也不曾為了要滑雪而砍樹。

關於滑雪場，還有一個更嚴重的問題。那就是使用硫酸銨這一類化學藥品的事。之前曾經有個時期，為了要防止雪融化而大量噴灑過這些東西。那不是一般噴灑農藥時噴灑的那種量。最後，到了積雪融化的那個季節，這些藥品全都隨著雪水流出來。這就是這裡水質低劣的最大原因。據說此地雖然是山城，卻沒有好喝的水可以喝。這一點，我們的運氣是很不錯的。因為我們附近這一帶的水源，上游並沒有滑雪場。託這件事的福，到現在為止，我們都一直可以嚐到清清澈澈的山泉水的原味。

因為滑雪場噴灑藥品的問題，召集專家組成委員會，向長野縣政府抗議的不是別人，正是本人在下我。拜輿論形成所賜，環境廳終於開始調查這件事了。據說今後會訂立明確的方針，規範化學藥品的使用限制。但是，只要沒有定期實施調查，想要改善滑雪場經營者們的態度，首先就是件不可能的事吧！

那些人連雪面上那些化學物質的類別都搞不清楚，而且還老是說：「這些東西沒有害處！」別開玩笑了！我有可能會相信那種蠢話嗎？

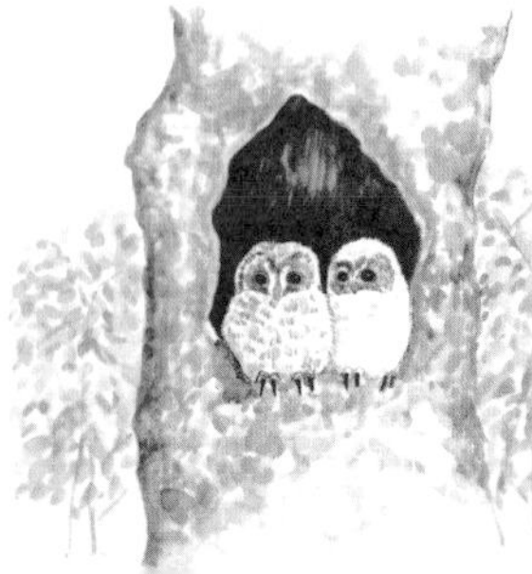

過去三十年之中，日本的水質實在非常糟糕。其中最壞的當屬地下水。從前我在東京時，曾經有過突然過敏，全身起疹子的情形。而那在我不喝自來水之後，就自然而然的好了。每次我一想到住在東京的小女兒正在喝著那樣的水，就擔心地不得了。就是從那時候開始，我才總是特地買比牛奶還貴的礦泉水來喝。因為就算是我，也不能一整天都只喝啤酒吧？

大家想想看，「水」在日本人的日常飲食中，是扮演著多麼重要的角色啊！我們應該要重新思考，一向都隨隨便便看待著的水。因為不管是洗米煮飯的水，或是釀酒的水，都是不可或缺的。例如，在不加糖的日本茶中，水有多難喝，或者有什麼臭味，都是無所遁形的。諸如此類的例子不勝枚舉。

我對於農人們同情得不得了。如果不噴灑有害的農藥，該如何驅除害蟲呢？有辦法維持並提升產量嗎？但願國家能更認真地致力解決這些問題。不過，對於為了興建高爾夫球場或滑雪場這類以賺錢為目的而設置的休閒場所，就去污染、破壞自然這種事，我是無法忍受的。各位，難道只要自己能玩得開心，就可以不必顧慮到周遭的事嗎？我想，人們到森林中去，就是因為喜愛那裡的優美吧！

狩獵

似乎有許多日本人很喜歡比較文化的差異。雖然我經常聽到「我們日本人啊……」這樣生疏的說話方式，不過事實上他們口裡的「我們」，指的幾乎都是「我」，而非真是「我們」。「你們西方人是狩獵民族，而我們日本人是農耕民族」——我不知道究竟已經從多少人嘴裡聽到同樣的臺詞了！他們所強調的一切文化差異，都是用來說明我們膚色不同的。然而，如果真要我說的話，其實大部分的差異，都純粹不過是幻想的產物罷了。

從主屋走向空手道練習場兼書房時，我聽到了兩聲槍響。因為從十一月十五日開始，就開放狩獵了，所以每天最少都能聽到一、兩次的槍聲。此時，獵人們專注的目標都是雉雞和野鴨。可能也有人會再多往前走一點，進到深山裡面去追逐野兔和可愛的山鳥吧！如果能有始有終地循著熊的足跡走，一定能捕獲大型獵物的。在我居住的信濃町（不過最靠近這裡的車站是黑姬站）裡，就有三十六名獵人。AFAN 森林的看守者，林業家松木先生就是其中之一。也有南至西表島、北到北海

道頂端，在日本全國遊走的獵人。他們獵雉雞、野鴨、野鴿、鵪鶉、竹雞、田鷸、山鳥，還有野豬、熊和鹿，事實上，偶爾甚至還會有不能獵捕的動物被犧牲。

日本會形成這樣的狩獵活動，並不是受到西歐的影響。早在好幾年前，居住在此地的人，就有獵諾曼象和駝鹿的傳統了。繩文時代（**西元前一萬年左右到西元前三百年左右**）的人類，就已經開始過狩獵、採集或漁獵的生活了，如今這點是毫無疑問的。但是從後來自九州北部傳過來的彌生文化帶來的青銅器裡，大量殘留著當時的人們即使已經開始過稻作生活，依然還是會進行狩獵活動的證據。彌生時代初期所造的青銅鑄的銅鐸上面，描繪著獵人們帶著狗，手持弓箭獵捕野豬和鹿時的模樣的也不少。

佛教傳進大和之國是西元五三八年，有人認為是因為佛教教義普及開來，才有了禁止吃肉之說。但是事實上，這也並非是完全正確的說法。因為人們之後還是吃著包括野雞在內的雞肉，把「野豬肉」稱為山林野味，而且，吃野兔肉與吃雞肉一樣常見。

鷹匠們（**譯注：負責調訓放鷹的人**）把日本古時候的狩獵技術延續到現

代。我從前曾經跟宮內省最後的鷹匠一起出去打獵。在日本，到現在還能感受到，誓言對主君忠誠的鷹匠們，那生生不息的精神。那獨樹一格的穿著和技術，很顯然地並不是仿效西歐做法而來的。我認識使用角鷹打獵，終其一生都守護著古老狩獵傳統的男人。他會放鷹去捕捉狸或野兔。

在本州北部，到差不多二十年前左右為止，包括「叉」在內的獵熊的獵師們，一直都非常活躍。而東北地方的獵師們至今為止，都還遵守著許許多多的古老慣例和信仰。之前，我曾經為了要寫歷史小說而調查日俄戰爭時的事情，因而發現了更有意思的事實。據說，從開戰的八年前開始，日本政府就一直在儲備動物毛皮了。根據我從了解當時情況的年長者那裡聽到的話，那時政府大大的鼓勵「叉」獵師們獵捕可以取下毛皮的動物。

貓頭鷹（貓頭鷹科）全長50公分，利用大樹木的樹洞築巢養育雛鳥，夜間覓食之猛禽類。食物有老鼠、爬蟲類、小型鳥類等。

我手邊有一本出自堀內讚位先生之手的名著，書名叫《攝影紀實．日本傳統狩獵法》（出版科學綜合研究所，一九八五年）。在這本書裡，大量刊載著說明獨特狩獵技法的照片，也詳細地描述了應聘擔任「宮內省主獵課長」時，在御獵場獵野鴨的情形。直到江戶時代的大名開始設置禁獵區，並立下狩獵相關的法律為止，這樣的傳統都一直被延續下來。那之後，到了一九一八年，當時的政府才制定了「鳥獸保護及狩獵等相關法規」。

日本的獵人數量並不輸給歐洲，甚至更多，這是事實。否定這一點的話，實在是太愚蠢了。在一九四〇年代，日本人為了要被視為是「高尚」又「優秀」的民族，一直主張自己自始至終都是農耕民族。雖然我在這個國家的朋友們大部分都贊同我的看法，但是有的時候，甚至連那些知識應該很豐富的記者們，也會寫出「我們農耕民族」這樣老式的句子。

因為肯定狩獵這件事，我曾經受到很猛烈的攻擊，甚至還被討厭和被威脅。但是，我還是深信著狩獵並不代表就不能保護到野生動物。而且，假如真正了解日本古代的狩獵方式，也可以從獵捕到的動物身上，學到很多生態學方面的事。我本身在這七年之中，擁有著日本的狩獵執照。因為我想如果要熟悉一座山，跟當地的獵人們同行去打獵，是最棒的捷徑。確實如此，從打獵結束後，一邊吃飯飲酒、一邊聊天時，所聽到的話裡面，可以學到許許多多的東西。之所以帶著槍，已經不是因為想射殺鳥或野獸了。不過至今為止，我有關山上狀況的情報來源，大多是來自獵人朋友們。他們會告訴我現在山上發生了什麼事、是什麼情形等等。當然，不用說我也會用自己的雙腳走進去，以自己的眼睛觀察。

日本古時候的狩獵、採集和捕魚的技術，至少應該也會有一小部分被當作知識保留下來吧！在所有可以稱之為文明國家的地方中，昔日的日本確實擁有豐富的天然資源。我認為身為一個日本人，對於像是想吃肉的時候，就自己動手去獵捕動物這種傳統，是相當值得誇耀的。那些狩獵、採集和捕魚的傳統技術，是祖先們為了保護野生動物而發展出來的，意即那是集智慧之大成的東西。他們所教的，和北美的原住民之間所流傳的做法實際上非常相似。

雖然我截至目前為止，還不能說清楚所有一切愛奴民族的傳統和信仰，不過嘴裡說著「我們日本人不是狩獵民族」的人們，又有多少人認得出來哪些日本人是愛奴人（**譯注：居住在庫頁島和北海道的原住民**）呢？雖然他們從很久很久以前開

始，就在這塊土地上生活了。從今以後，我想要多了解一些北海道的野生生物，然後，毫不疑惑地找出愛奴人的朋友們！

捕鼠

那是昨天早上，我的助手哲也君搬柴薪到廚房火爐那邊時所發生的事。一直傳來碰碰的聲響，還聽到他不斷地咒罵著。那可是溫和的哲也不會做的事情！哲也君一進到廚房裡，就用力地把柴薪放進火爐旁邊的箱子裡。

「怎麼啦？」

「我踩到捕鼠器了啦！」

我狂笑不止。

隨著天氣越來越寒冷，老鼠們的入侵行動也越來越劇烈。其中有一隻，我還特地命名為「羅德尼」。這個小羅德尼也不知道是偶然發現了洞穴，還是自己挖了個洞，把牆壁上的洞當作出入口，住進了起居間和臥室地板之間的縫隙中。

每到夜晚，就會窸窸窣窣、窸窸窣窣地弄出很大聲的腳步聲。我想牠一定是特地選了一雙最兼顧的健走鞋來穿吧！有天晚上，來我家借宿的友人弗雷德，甚至還被這個奇怪的聲響嚇了一大跳呢！

要是有誰在彈鋼琴，羅德尼一定馬上穿上牠那雙鞋，開始跳起舞來。那聲音並不是老鼠特有的噠、噠、噠的輕盈腳步聲，而是非常大力地踩著節拍，啪答、啪答地發出的刺耳聲響。

老鼠們入侵的意圖，是逐步被我發現的。為什麼牠們要跑進來呢？我看見從放在地下室的雞飼料、到摘下來堆著的馬鈴薯上頭都有被啃噬過的痕跡。到後來，牠們甚至還把魔爪伸進放在廚房入口處的食物儲藏櫃裡面。既然事已至此，我們這邊也就不得不採取防衛的手段了。

首先，選擇一個其他動物絕對不會進入的場所放老鼠藥。然後把在外面發現的屍體撿起來，好好地處置。

現在，和我們打仗的敵人，就是所謂的「山鼠」（roof rat）。雖然羅德尼以能在天井後面引發大騷動而聞名，但事實上，牠的體型並沒有山那麼大。牠的體毛是褐色的，根據我手邊的日文資料，牠的體重約有一百五十到兩百公克，體長約十五到十七公分，尾巴則差不多有十五到十九公分長。

懷孕期只有三到四個禮拜，每一胎約產子三隻，

最多的時候還有可能會產下多達十四隻的小老鼠。這種生產過程一年至少會重複兩次，生殖力最差的老鼠一生也會重複七次。實在是非常可怕的繁殖能力。在別本書中，甚至有寫著，假設把一對山鼠夫婦放在理想的環境中，僅僅只需要三年，就能生下約莫兩千萬隻的子孫。

如果來個吹魔笛的男人，牠們一定很快就會全都被他帶走了吧！哲也君雖然是很會吹竹笛的專家，不過那對老鼠卻似乎沒什麼用。

我立志當個要擁抱大自然的人類。但是，我卻不怕老鼠會絕種，因為牠們是會亂啃東西、隨便挖洞、咬斷電線、污染食物而帶來傳染病的「害獸」。甚至常常發生在瓦斯管線上咬個洞這種事。牠們的所作所為，簡直越來越無恥了。

昨天晚上，我在食物儲藏櫃裡整整放了三個老式的捕鼠器，然後到朋友家去吃晚餐。回來一看，三個陷阱裡的發條都掉到外面來了。怎麼看都覺得似乎有老鼠來過。然而牠們現在卻都無影也無蹤了。只有用來當作誘餌的起司全部都被搬光光了。

哲也君也是一樣，在地板上那個洞旁邊放了一個捕鼠器，自己卻踏到了。雖然只有襪子被夾到，不過喀擦一聲被咬住的那一刻，他還是大叫：「哎唷！好痛！」

「絕對要把你抓起來！」在心裡發誓的我，跑到本地的藥局去買黏鼠紙回來。根據包裝紙上的說明，它的黏度強到連大象都逃不掉。這次，我發奮一定要將羅德尼一眾一網打盡！我把黏鼠紙放在食物儲藏櫃地板的洞穴旁邊，心裡一直想著到早上，一定至少會抓到一隻的。

然而，戰果卻是零。

那些傢伙的鬼主意似乎是戰勝了。看吧，前天晚上，哲也君放進要給雞當飼料用的、吃剩的烤魚的超級市場袋子掉到地上去。結果一定是羅德尼把袋子給拖到洞穴旁邊，壓到黏鼠紙了。只要看一眼袋子就明白了，那上面非常清楚地印著一個特別大的腳印。弄好這個站腳的地方之後，接著一定就開始悠哉悠哉地吃起裡面的大餐了吧！

在這件事發生之前，我也放了一張黏鼠紙到廚房入口處的門廊下面。那個時候雖然順利地抓到了一隻老鼠，但是竟然連攻擊那傢伙的大尾

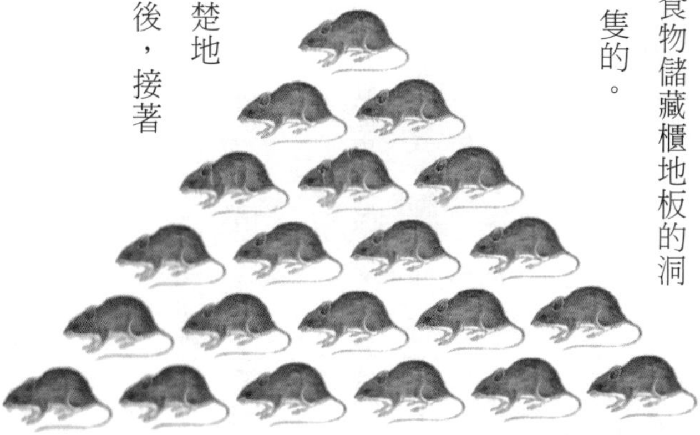

老鼠是貓頭鷹的主食，需要大量老鼠才能養活小貓頭鷹。

蛇也一起落網了！大概是因為拚了命地逃吧，老鼠和蛇黏在黏鼠紙上，從樓梯下面拖出來到外面。結果，我們家的愛爾蘭獵犬摩格和梅根抓住了那傢伙。那件事的結局非常糟糕。發現起了騷動的哲也君衝過去一看，蛇逃掉了，最關鍵的老鼠也逃掉了，剩下的只有狗而已。而且摩格的屁股，還緊緊地黏在黏鼠紙上。

「要不要養貓？」好像也有這種時髦的風潮。如果可以的話，我想要養。狗和貓我都蠻喜歡的。我也曾經寫過以貓為主題的小說。問題是，摩格好像深信著「貓是兔子的一種」。

兩年前，摩格和梅根曾讓隔壁的貓倒了大楣。那隻貓從事情發生的好幾個月前開始，就常常爬上牠家和我們家交界的那堵牆，威嚇著那兩隻大狗。然而有一天，不小心腳底打滑，摔進了摩格牠們的地盤裡。其結果就可想而知了。

所以不能養貓。

在加拿大北部露營的時候，我曾經做了一個特製的捕鼠器。首先，取下大型燈油罐的蓋子，然後把濃縮煉乳的空罐子吊在中間。接著在裡面塗滿花生醬。

在燈油罐的底部裝水，仔細地架一個小小的梯子，那上面也塗上花生醬。那裝

置會使被香味吸引而爬上梯子的老鼠跳進煉乳罐裡。就在那一瞬間，罐子會開始旋轉起來，讓老鼠落水，最後溺死。

這種時候，一個晚上可能會獵殺到十三隻。

但是，對手要是羅德尼的話，就絕對不會這麼順利了。即使牠掉進燈油罐底部，憑著牠那種體格和力氣，大概只要稍微划一下水，就會輕盈地跳出去了吧！

上個星期，我發現食物儲藏櫃裡有窸窸窣窣的聲音，跑過去一看，碰巧目擊了羅德尼啃包心菜的現場。就在這個時候，我連續徒手丟出排骨肉，心裡想那傢伙應該會輕輕地往上跳個三公尺吧！結果牠在空中迅速地扭了個身，就爬上了櫃子的頂端，消失地無影無蹤了！

說到緊鄰黑姬的戶隱，在古時候是不見其形、只聞其聲的「隱形的村落」。難道是因為這樣，甚至連老鼠們也學會了隱身術嗎？

然而，戰爭現在才剛剛要開始而已。最後歡欣鼓舞的一定是我們這邊！老鼠敵人，讓你們哭著倒下，真是

抱歉哪！

不久之後我終於抓到那小傢伙了。果然，這敵人是個龐然大物。如果說得稍微誇張一點，假如在牠的肚子裡塞一些材料、整隻烤來吃，是足夠全家人吃的。然而羅德尼並沒有變成我們家餐桌上的美食，而被處以火刑。

話說有一天深夜，我一個人靜靜地獨酌時，聽到了咚咚鏘鏘的聲音。我一手拿著木柴衝過去，就在挖開的洞穴前面，和眼前的羅德尼格鬥。我積極將牠引到之前說的，那撕開放著的黏鼠紙上。很榮幸可以當執行死刑的劊子手。我宣讀了那傢伙的權利、為牠祈禱之後，慢慢地拿起木柴打下去。

結果，我用藉由經年累月反覆修習武道、日日劈柴而練就的手臂，非常漂亮地解決了我的宿敵。然而，戰事還未終了。現在正是我們迎向下一回合的戰役，重新勒緊褲襠的時候！

猴子

前幾天，我在電視上看到有人被猴子攻擊的新聞。如果是人類先挑釁牠們的話還算合理，可是，猴子毫無理由地攻擊人——而且，這種事件還連續發生了兩起。我發覺有些地方不太尋常。

話說日本猿猴的體型短且粗胖、力氣又大，智能也相當高。最令人吃驚的是牠們對環境的適應能力。有很多的研究者反覆調查著牠們的生態。其中，猴子洗甘藷的事非常有名。據說，在一個偶然的機會中，一隻年輕的猴子，突然學會了怎麼把甘藷上的沙子洗掉。於是，那個習慣就在整個族群中傳開來了。

都市人一聽到猴子，大概都會覺得牠們是有趣又可愛的動物吧！然而對山裡的人們來說，猴子肆虐的問題卻是死活問題。除了在日本以外，不論在中國、印度、緬甸、馬來西亞等任何一個國家，猴子都是惡名昭彰的「害獸」。從各個蘿蔔田到果園，猴子所造成的傷害耗損了大筆的金額。而且受害的範圍北從東北的雪國開始，南甚至擴及遙遠的屋久島。縱使牠們本身的數量並沒有增加，不過猴群顯然正在危害著我們人類的生活圈。

為了攆走猴子，人們一切能試的方法都試過了。剛開始時，弄出很大的聲音來威嚇牠們，結果沒多久，猴子們就習慣了。本來是要做一個一經觸碰，聲響就會大作的裝置來試試看，結果猴子卻學會了不要碰那東西、直接去摘農作物的聰明做法。後來，人們又在圍牆上導電、放狗，到頭來卻只趕走了鳥和鵝。猴子頭目尤其是個厲害的對手。對人類一直使出的招式毫不畏怯，牠的壞主意簡直不輸給山賊。牠的招數是自己先出去探查情況，然後發出尖銳的叫聲，把消息傳給同伴。接著，猴群就會分成兩組，力氣大的年輕公猴成群結黨，卑劣地把人類引開，猴子頭目則趁機率領著小猴子和母猴子們把農作物掠奪一空。我每次聽到這樣的事情，都會為牠們那聰明的頭腦咋舌不已。

我自己實際碰見的猴子們，雖然看見人類的身影就會戒備起來，不過卻不會有恐懼的樣子。非常糟糕地，我們這邊甚至還有猴子夫婦會公然一起洗溫泉。看到牠們賊頭賊腦的模樣就會感到不愉快的，反而是我們。

話說回來，要是體型大又具攻擊性的猴子，無所謂地襲擊人類，那可就大大不

妙了。猴子本來應該是要在同類之間爭地盤的，要是對手變成人類的話，那會是什麼情形呢？根據電視上的新聞報導，兩起事件的被害人似乎都是冷不防被襲擊的。年長的那位老婦人，是走在路上的時候突然受到攻擊，全身有好幾個地方被嚴重咬傷。另外一起事件則是猴子從二樓的窗戶爬進民宅中，咬正在看電視的男子。確實，因為那樣就咬人是不對的。

那可不是開玩笑的，猴子們要是把農田、果園和人家的庭院當成自己的地盤的話，可能會再引起更可怕的事件。那樣一來，老年人和小孩子們的安危實在是令人擔心不已。

我在衣索比亞的塞米恩國家公園擔任園長的時候，公園附近的村民們曾絡繹不絕地過來找我申訴狒狒作亂的事。居住在高地上的獅尾狒雖然也是會危害農田的害獸，不過那時候，令他們頭痛的對手是居住在低地上的狒狒。隨著森林一再遭受破壞，牠們的天敵——豹生存的地盤逐步消失，狒狒的數量則急遽增加。

最糟糕的是牠們找不到東西吃，開始出現在村子裡。一大群多達四百隻一起襲擊村子，把穀物吃得一乾二淨，還會把小羊和小山羊（有時候甚至還有小牛）當作食物吃掉。不用說，魯莽地衝向狒狒的狗兒們，成了頭號犧牲品。

而小孩子們之中，有牧羊的少年打架打輸了狒狒，被牠們咬傷了。

既然到了村子裡，再怎麼樣也要弄點食物來吃吃。對於嚐過一次就將那滋味深深烙在腦海裡的狒狒而言，應該也察覺到原始森林已經褪色了吧！村民們丟石頭或拿棒子應戰，然而在勇猛的猴子頭目所率領的精銳部隊面前，卻發揮不了作用。村民抵擋不了牠們的猛攻決定撤退，然而，卻還是被牠們從身後襲來的利牙咬傷了。

傲慢尊貴的阿拉哈姆族族長蒞臨我們的司令部，當他淚眼泣訴著村落的窘境時，我心想事已至此，再也不能坐視不管了，於是便要六名管理員攜帶口徑零點三零三英吋的 SMLE 槍（譯注：二次大戰時英國陸軍所配備的標準小槍），跟著攜帶 **Walther PPK** 自動手槍的我，立刻往村子裡出發。兩天之後，我們抵達村中，目睹狒狒在光天化日之下，群聚於已經稱不上是農田的田地中。我們一字排開，對著那些狒狒們一起開槍。

年輕的公狒狒身體輕盈，一發覺槍口指向牠，說不定會馬上撲過來。我精準地對著逃到我身後的母狒狒開槍，讓牠們一彈斃命，因為牠們帶著小狒狒，動作通常比較遲緩。雖然很殘忍，不過我們很期待那些目擊同伴在眼前被殺害的公狒狒們，露出畏怯的模樣。我們發自內心希望能夠喚醒那些原本只要聽到槍聲響，就會開始

逃的狒狒們，心裡的恐懼感，即使只是一丁點也好。

槍殺了三十隻左右的狒狒之後，我發號施令說：「射擊手，停止射擊！」有一隻大型的公狒狒朝我撲過來，因此我在牠來到距離我差不多兩公尺遠的地方時，開槍射死了牠。這是最後的一發了。其後，我們為了示警，將殺死的狒狒吊在田地四周圍。雖然那情景相當令人毛骨悚然，不過成效頗佳，那些狒狒後來再也不曾接近過村子了。不僅如此，每當遠遠地看見手上似乎拿著槍枝的人們，總是會一溜煙地逃跑。我們絕對不是在半開著玩笑之下殺狒狒的。那樣做的緣故無非其他，正是為了取得這樣的結果。

我在日本也聽過許多人深為猴子肆虐所苦。就算拿到可以驅逐害獸的許可證，獵人們似乎也並不太願意射殺猴子。或許是因為猴子長相跟人實在太相似的緣故吧！然而，從今而後，猴子肆虐的問題大概會越演越烈，而且將已經不再是當地居民、農民及一部分有志人士的能力足以負荷的程度了。無論如何，必須阻止猴子襲擊人類，防範農作物遭受危害於未然——也是政府該正視並致力解決這個問題的時候了。

讀到這篇文章而受到驚嚇的讀者，我在此向你們致上歉意。然而站在我們的立場，對於村民們的苦惱，是絕對不能撒手不管的。至今，村民們對於我們能成功地驅趕粗暴的狒狒，依然非常感激。雖然我並不樂見那種悲慘的景況在日本這裡發生，不過不知不覺中變得像是在「隔岸觀火」，實在非常感到過意不去。究竟誰能夠冷眼旁觀老年人和孩子們受到猴子攻擊的事情呢？我個人是絕對做不到的。

白神山地

前不久，在加拿大大使館中，有一齣以北極為背景的兒童奇幻劇上演。那一天晚上劇終之後，我便揹起登山背包，驅車前往羽田機場，搭最後一班飛機到青森去。到了當地再搭乘接駁車，在夜色茫茫中一路直奔秋田縣。目的地是一個叫做藤里町的小鎮。

坐在車子裡，我向司機先生搭話。

「白神山地被聯合國教科文組織評選為世界自然遺產，真是實至名歸，您不這麼認為嗎？」

對方立刻就表示贊同了。

日本的自然之美是為世人所公認的，這裡的自然景觀是第一個（而且一次同時有兩處）被列為「世界財產」的。其中之一是東北地方的白神山地，那裡以山毛櫸為中心構成的、壯觀的原生森林非常有名。另一個地方是最南端的九州的屋久島，巨大的杉樹古木並列而成的鬱鬱蒼蒼的森林，散發著一種神祕感。

「是呀！」司機先生輕聲地答道。「哎，白神的名號舉世皆知是很好啦！不過，您知道為什麼從青森開始走的話，道路會這麼不順暢嗎？那是因為已經中止山路開闢的緣故。」

確實，如他所述，高速公路沒辦法蓋成一直線。雖然剛開始從緊鄰秋田縣旁邊的那一段走時是很好走，不過走到青森那一段以後，即便是開快車，順利的話也得花上兩個小時才會抵達目的地。

好幾年前，從秋田到青森中間會穿過兩座原生森林的「超級山路」開闢計畫被提出來，環境保護論者和地方居民與縣政府之間，掀起了激烈的大論戰。結果，秋田縣的官員強行開工造路，砍掉了好幾千棵的山毛櫸古木。以哲學家梅原猛先生為首的知名人士之間，雖然也有人努力地抗爭，不過，縣政府那邊卻完全將這股聲浪棄之不顧，地方上分裂為兩派的內部鬥爭極為嚴重。想必臉上寫著傲慢兩字的林野廳，以及建設省的官員們，必然是憑藉「高層的權力」操控著地方政府的意向，並且不斷從旁搧風點火吧！

不過，那些傢伙似乎也不能小覷熱愛故鄉自然的人們的意念及頑強。反對派中心人物鎌田孝一先生這三十年來，都以自己的雙腳在白神的山林之中遊走，不斷進

行著調查與研究，是當地一個無人不曉的人物。這個男人雖然並不是會主動引起爭端的類型，但卻也絕不會屈服在他人的力量之下。

鎌田先生擔任「白神山地山毛櫸原生森林守護會」會長之後，一直向地方上的居民提倡森林保護的重要性。對當地的自然生態知之甚詳的他，應該無論如何都會支持抗議者吧？然而，他特別強調的，卻是因為開闢山路而引發的水質污染問題。知道對自己很重要的水被污染後，當地人的怒火燃燒起來。鎌田先生堅定的議論，點燃了山中居民的心頭火。因為青森、秋田兩縣湧起的反對聲浪，最後工程終於被中止了。

這一次，由於白神山地被指定為「世界自然遺產」，所以任憑怎麼樣的強硬派，大概都不得不慎重以待了吧！砍倒別人辛苦種的樹、汲汲於利益的那些傢伙，或者在這個世界上，渴望金錢與地位的建設業者和政客們，已經不能再任性妄為了。

我走到積著雪的森林中，負責為我做嚮導的是鎌田先生，以及擁有一位獵人父親的工藤先生兩個人。他們倆都是自然保護論者，也都繼承著獵人的傳統。我三十年來的好友，作家兼冒險家西木正明先生，也到這裡來與我們會合。他也出身自東北地方。

我們朝著鐮田先生指著的方向望去，發現樹幹上有個洞。聽說那是黑色啄木鳥的巢穴。體型龐大的啄木鳥在這一帶雖然不怎麼稀奇，不過在其他地方卻是非常難得一見的珍貴鳥類。正值冬季繁殖期的鼯鼠，就躲在這附近的地洞中繁衍後代。究竟是什麼時候住進去的呢？在距離地面約三公尺深的洞穴中，一大條青綠色的蛇正陷入了沈沈的冬眠中。森林中，到處都殘留著狐狸的腳印。牠們大概是為了尋找所剩無幾的野兔，所以到處來來回回地走動著吧！

我們在一座山泉旁邊停下了腳步，潤潤喉嚨。清泉從滿佈青苔的巨大岩塊中央，汩汩地湧出來。聽說這裡的泉水，一年四季水溫都保持在九度。

在白神的森林中，擁有著各式各樣的生物，包括熊和羚羊，再加上猴子。而這裡也正是日本猿猴棲息地的最北方。高高的天空中，會有雙翼展開超過兩公尺長的巨大山鷹翱翔。我想一聽到白神的這個名字，大部分的英國人，不會想到東北地方的山毛櫸原生森林，反而會想起蘇格蘭的山巒吧！

我們到訪時，山林正籠罩在冬季的寂靜中。然而我想，在不知不覺間，鳥兒快樂歡唱、陽光溫柔地從山毛櫸的樹葉之間灑下來的季節，又將會來臨。原生森林擁有著如同大聖堂一般的莊嚴感。或者應該說，是人類模仿自然蒼穹，建造了大聖堂吧！

雪地上散落著一大片山毛櫸的果實。我懷抱著某種期待撿拾著那些果實。對於居住在森林中的動物而言，山毛櫸的果實是很珍貴的食物。在古老的繩文時代，人們也是以樹木的果實為主食的。在英國度過的少年時代裡，我和朋友們也經常一起

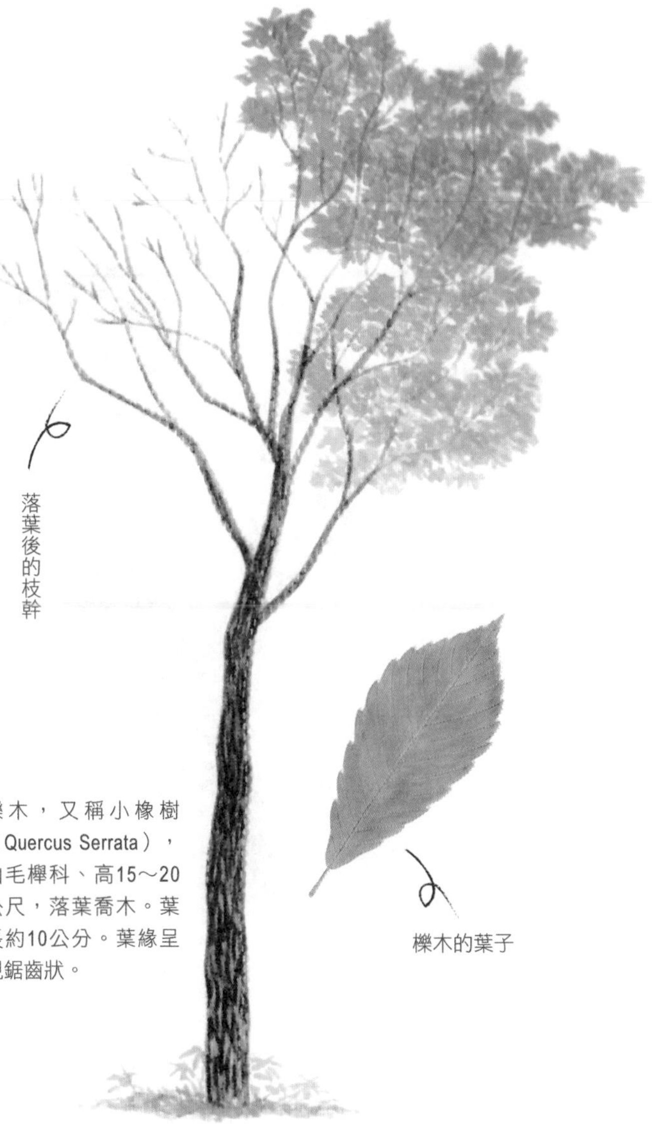

櫟木，又稱小橡樹（Quercus Serrata），山毛櫸科、高15～20公尺，落葉喬木。葉長約10公分。葉緣呈現鋸齒狀。

蒐集山毛櫸的果實，然後恰到好處地炒來吃。不過這一次，我撿果實倒不是為了找尋美食。

非常可惜地，我撿到的果實每一顆都是中空的。「為什麼要那麼認真地尋找山毛櫸的果實啊？」鎌田先生這麼問我。我則向他解釋說，事實上，我想在AFAN森林中，栽種白神的山毛櫸（**長野縣的群山，也是山毛櫸的產地**）。

有一天，當我一回到小小的借宿處時，就看見鎌田先生奔進我家，帶著一袋山

綠啄木鳥，全長29公分。會在樹幹上開洞築巢、也會鑿樹覓食。

毛櫸的果實來給我。「每一顆都不可以吃掉，一定要全部都拿去栽種喔！」鐮田先生和我約定道。

我享受著邊泡湯邊喝啤酒的樂趣，悠哉地洗溫泉。我往下俯瞰，見到了一條泛著白色泡沫的清流。確實，倘若山路開闢出來的話，不論是誰，都可以接觸到這裡美麗的自然，那會是非常棒的事吧！不過，所謂的自然並非單只擁有美感而已。那裡還存在著人類無法接近的嚴苛面，以及只有擁有強健體魄的特選者才能夠抵達的地方。「不，應該說還有著人的腳步無法觸及的場所。」工藤先生如此說道。的確，事實就如他所言。

要從這裡返回青森的機場，勢必又得開上很長的一段路。不過那也無所謂。現在我一心只盼望著「超級山路」的開闢構想不要被通過。

橡樹果

水獺

現在我正在重讀某一本書。我初次邂逅這本書是在二十歲左右，當時，我深深被感動。這本打動我心的書，名叫《閃亮的水環》（*Ring of Bright Water*），作者是蓋文．麥斯威爾（Gavin Maxwel），初版是在一九六〇年發行的。

這本書是根據真人真事改編的。故事以蘇格蘭西岸一個不為人知的小小出海口為背景，描繪麥斯威爾和兩頭水獺的日常生活。據說其中一頭是他自己從伊拉克的沼澤地帶回來，另一頭則是一個英國人從流經非洲西部的尼日河的三角洲上找到，帶回來託付給他照顧的。

麥斯威爾在五十五歲就離開人世了，不過世界野生動物基金會在他死後發起了「蓋文．麥斯威爾水獺專題研究」，雖然現在尚未決定這個活動是不是要持續下去，不過我認為理所當然是應該要的。

第一次讀這本書的時候，我的腦海裡浮現了在英國度過的久遠的少年時代的回憶。一段跟某個水獺家庭相遇又別離的記憶，即使歷經許多年，至今在我的胸中仍

然絲毫不曾褪色。

我父親從英國海軍退伍之後，得到了陸軍巡查的職位，在英格蘭西南部格洛斯特郡（Gloucestershire）亞休丘奇基地中上班。基地位置在距離亞伯丁河（Aberdeen）和賽文河匯流點上某個沖積平原小鎮大約十八公里左右的地方。那個小鎮還保持著都鐸王朝時的風貌。屏除大型的陸軍基地不算，亞休丘奇算是一個寧靜、充滿鄉間情趣的小村落。

我經常和同伴一起到田園之間來回散步。當時，大家都是十一、二歲的淘氣小孩。我們在小小的森林和小河周圍尋找鳥巢；每個周末，以一小時一先令的工資到附近的農家幫忙；特地去追公牛訓練膽量等等，日復一日，充分享受著自然。

我也經常一個人出外散步。有一天傍晚，我在回家路上、安靜的小河邊慢慢走著，聽到水裡傳出了某種聲音。我發現柳樹的樹蔭下依稀有個影子，靠近一看，居然有隻水獺。看見如假包換、剛剛出生的水獺模樣的我，興奮得不得了，無法移開視線，直盯著牠瞧。那隻水獺嘴裡啣著兔子上到堤岸邊來，站在光禿禿、枝條被風喀擦折斷了的老柳樹旁吃了起來。然而，大概是我弄出了什麼聲響吧，那隻水獺突然抬起後腿，撲通跳進水裡，一瞬間消失了身影。

放暑假的那一個多月，我只要一有空就會到那條小河附近，尋找水獺的蹤跡。成效非常不錯，我總會發現牠們躲在河岸的老柳樹下。由於當時正值水獺媽媽替孩子們哺乳的時期，看到母子們嬉戲的模樣，總會不禁會心一笑。河岸邊泥濘的地方還有個溜滑梯似的小土堆，小水獺們會不斷爬到上面溜下來。小水獺們天真無邪地玩耍的樣子真的非常可愛，好幾次我總忍不住想，要是能帶一隻回家就好了啊！然而爺爺總是經常告訴我們：「野生動物還是在大自然中生活最幸福！」另外，我也親眼目睹過好幾次公水獺的英姿，最壯碩的體長大約多達一公尺左右。

那條小河上有座石橋，橋上到處都是水獺們的「排泄物」。英文中，雖然特別把水獺的糞便叫做「spraints」（腫塊），實際上看起來卻是呈焦油狀、含有大量魚骨頭，並且會發出一種獨特香味的東西。

我將水獺一家人的事暗自藏在心中，唯恐同伴們說溜了嘴，向他們的哥哥洩漏祕密。那些擁有槍的傢伙們之中，一定有人是一聽到水獺，臉色就會大變的。也一定會有著絲毫不以為意地射殺無抵抗能力的動物們的傢伙。

然而有一天，我因為貪看水獺們的模樣而晚歸了。那時正值英國執行「夏令時間」的時期。每年到了這段時間，母親都會非常在意誰去了哪裡、在那裡做些什麼。想到要是不老實回答父親會有什麼後果，我就嚇得全身發抖。父親規定我們得在他下班回來的八點之前回到家，不過，倘若這件事被他知道，他一定會火冒三丈吧！母親答應我不告訴任何人之後，我才慢慢對她說出水獺的事。

然而隔周周日，和父親一起上附近的小酒館喝酒的母親，拜討論田園風光的話題所賜，漸漸開始誇耀起自己的孩子是多麼喜愛這片土地。最後的結果是不小心把水獺的事說溜了嘴。

於是，再隔一周的周末，男人們集結在一起，往那條小河出發。牽著獵犬、拿著獵槍和棍棒，為了下水穿著高筒橡膠雨鞋的那些傢伙們，把水獺母子統統殺掉了。就是因為知道會這樣，我一開始才覺得絕對不能一五一十地對母親說出祕密。

現在，不論在英格蘭各地怎麼樣找，都很難再找到水獺的蹤跡了。那是因為殺紅了眼獵殺旅鼠的傢伙們，如今連水獺也開始狙殺的緣故。在那些動物們瀕臨絕種之前，即使再這麼慌張地呼籲要保護牠們，都已經太遲了。接下來，水獺的數量也很難再增加。隨著護岸工程在各地進行，昔日的天然堤岸逐漸消失，這無非是一種災害。對水獺而言，自然、寬敞的土堤是必需的。那是牠們從河川中上岸的途徑，也正是所謂的「高速公路」。

昔日的日本也有許多水獺棲息。然而到了現在，可以說是已經絕跡了。僅僅只剩四國地區，還有一些水獺現身的傳言而已。只要想到目前所有河川的土堤，都填上了混凝土，就會覺得那是理所當然的。如果繼續這樣下去，想要讓水獺增加，無非是不可能的妄想。

回想起從前在和歌山縣的太地町生活的時候，我每次到捕鯨博物館或水族館參觀，總是百感交集。因為館內最好看的東西，就是生活在玻璃水槽中的兩隻水獺。水獺看起來非常可愛，提起游泳，更是無人能出其右的專家。

在英國，水獺雖然一直以來都被當作是會吃光淡水魚的害獸，不過之後經過調查，才知道水獺除了兔子之外，幾乎不吃其他東西。閱讀著久違了的麥斯威爾的著作，一時之間，我的心重回了那個遙遠的夏天——那年少時代中所感覺到的、無可取代的喜悅，無法再重返舊時光的痛苦遺憾，如果可以的話，我一定要將水獺從滅種的深淵中救出來！無論如何，都想再一次看看牠們的身影。我發自內心這樣期盼著。

冬

Winter

此時此刻，大熊們應該正在林中深處，

一顆顆吃著手邊的橡樹果

和掉到地上的山毛櫸果實吧！

極光

此時此刻，我正坐在朋友的書桌前與電動打字機苦戰。我對這東西非常頭痛，也越來越討厭文字處理機了！那明明是設計給單人使用的，但我獨自一人用起來，別說是拼字了，連一個句點都打不出來，真是笨機器。

算了，這事先擺一邊。話說兩三天前，我才剛回到加拿大西北領地的省會「黃刀鎮」（Yellowknife）來。此地原本是一個以商業活動與金礦開採為主的城鎮，後來成為政治中心之後，才一點一點發展起來。我第一次來到黃刀鎮是一九六三年的事。當時這裡還不像現在這樣，被西裝筆挺的人們所佔領，還是個充滿豪爽、不修邊幅的傢伙們的小市鎮。

如今的黃刀鎮儼然已是個觀光重鎮了。尤其這裡有著美麗的「極光」，就是所謂的「歐若拉」（譯注：aurora，羅馬神話中的曙光女神名字）——乘著太陽風，在夜空中飛舞的光之幔，近年來匯聚了不少人氣。想要一窺極光這大自然的神祕景象，黃刀鎮無非是世界上屬一屬二的好地方。

從書房外看出去，即使雪積成這樣，摩格還是精力充沛。

我生平第一次見到極光，是在十八歲那年。那是一九五八年，我搭乘航行在紐芬蘭領海的定期輪船，第一次遠征北極歸來時，站在甲板上看到的。當時，映入我眼簾的歐若拉，就在那遙遠彼方忽隱忽現地漂動著。其後的一九六〇年到一九六一年一年間，我被任命為北美北極研究所的得文島（Devon）越冬隊員。對必須熬過寒冬中漫漫長夜的隊員們來說，眺望極光是莫大的樂趣。

然而，我記憶中最鮮明的極光，是在十月剛開始的某個夜晚，跟著調查隊在黃刀鎮稍稍偏北的地方露營時所見到的。

我們在從黃刀鎮搭乘水上飛機約需二十分鐘抵達的地方紮營。先在Chitty湖畔搭帳棚，預備採集四個湖湖中的標本，調查這些邊境湖泊中所棲息的魚類種類及數量。這個調查最終的目的，是要在萬一有人捕魚私售或是盜採漁獲時，提供可用的數據，研判他們的行為是否對生態平衡造成了影響。

我們在針葉林帶來回漫步，把適當的樹木砍下來，再拖著木材穿越好幾個湖泊，大老遠地運回營地。我們先用這些木材建了一間圓形的小屋當作基地，接著又造了棧橋、倉庫，以及好幾間小屋子，到最後甚至還蓋了三溫暖室。隨著這樣的建築工程持續進行，我們同時也遵照計畫，一口氣地大量採集標本。

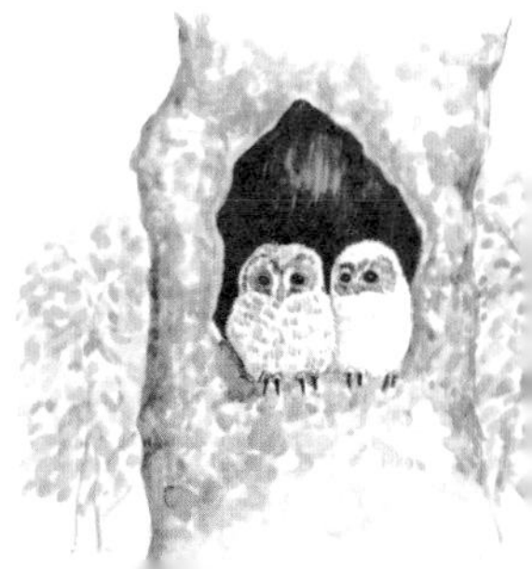

我身為這次露營的負責人，從訂定計畫到照顧成員的衣食、住宿，甚至是精神狀況都必須一手掌握。我一面努力讓隊員及裝備都維持在良好狀態，一面有條不紊地照著預定的進度進行計畫，還利用空檔釀造出「西北領地第一烈的啤酒」。

長達數月的野營生活相當嚴酷。九月告終的時候，我將後續事宜交給下面兩個隊員處理，然後率領其他成員撤回。隨著冬季來臨，天候也變得平和穩定，我們心裡都鬆了一口氣。夏天裡食慾大漲的蚊蠅飛蟲也全都不見蹤影了，十月裡最常聽見的，是附近那一大片紅色楓葉飛舞的聲音。夜晚一天天加長，泡完澡後跳進冰冷的湖泊中，會發現湖面已結了一層薄薄的冰。

是了，這就是擁有夢幻般美麗極光的季節。

結束一天的工作之後，掃光美味的晚餐，先泡個熱呼呼的澡，然後一瞬間跳下冷冰冰的湖水中，起身後暢飲一兩杯自製的啤酒，再出外眺望夜空，是我每日的功課。晴朗的夜晚，我還會從帳棚裡取出床墊或睡袋，在星空下就寢。

在刺骨的寒風中，我所見的夜空，彷如銀碗盛著星鰻，盤旋著一條蜿蜒的光帶，其中散佈著數以千計的點點星子，以及環繞其中的衛星所描繪出的光

之弧。有時遠方還會傳來狼群聲聲的嚎叫作為配樂。

因此，當與我合演廣告片的朋友，可說是日本最著名腳本家的倉本聰先生，一提出想以極光作為廣告拍攝場景時，我立刻就提議大家到黃刀鎮出外景。雖然日本人一提起北極，總是刻板地想到阿拉斯加，不過我堅決持反對意見，大力鼓吹製作組到加拿大來拍片（加拿大這邊沒有高山阻擋，視野良好，所以我極力推薦）。

到黃刀鎮觀賞極光，要先選好適當的地點。而我們選擇的落腳地，就在距離市中心約三十分鐘車程的一間小屋中。在那兒，旅人們既不會受到街燈光害的干擾，在等待夜空的饗宴開幕之前，又可以先待在溫暖的小屋中休息。極光逐漸浮現之際，戶外的氣溫甚至會隨之降到零下二十五度之多。隨著天空澄澈起來，上弦月在雪地上拖曳出一抹纖細的影子。被朗朗月光照射著的白雪，猶如鑽石般放射著璀璨的光芒。

就在工作人員忍受著夜晚冰冷的寒氣，辛苦地準備拍攝器材時，等待著被叫喚的我和倉本先生，在鬆軟的雪上席地而臥，盡情地觀賞著在夜空中輕柔舞動的光之布幔。

拍攝的時候我們為了不讓對方緊張，一直拚命逗對方笑，唯有在見到聖潔的極光時，被震懾得忘記了言語。我們想捕捉的是那樣的鏡頭——兩個人在皚皚的白雪中，一邊靜靜地仰望夜空，一邊愉快地品嚐美味的威士忌。

我因為確確實實穿上了防寒衣，所以能舒服地躺在雪地上，回憶著在北極地方東北部流傳著的極光傳說——我認識很久的巴芬島（Baffin Island）伊努伊特人老朋友總是說，極光是「遠古鯨群的魂魄」，據說，它們還用海象的頭蓋骨當球，在天空中舉行足球比賽呢！我突然想起第一次遠征北極的時候，可說是我人生第一次探險的前輩同事所說的話，忍不住笑了出來。當時他說：「那個呀，是神明的脫衣舞秀，雖然說祂正將身上的遮蔽物一件一件脫掉……，但看的時候，不可以有邪念喔！」

那是當然，不過欣賞這場秀的時候，誰還顧得了禮貌呢？後來，我和倉本聰先生兩人把瓶子裡的威士忌喝光光了。

聖誕節

每年一到了這個時候，就清一色是聖誕節的氣氛。聖誕布丁、火雞大餐，以及紅鼻子的馴鹿——然後，此刻浮現在我眼前的，是站在正製作豪華聖誕布丁的母親旁邊，努力做一個幫手的、過世的父親身影。他一手拿著大型木湯匙，一手捧著大大的碗，倒入蘭姆酒，拚命攪拌著麵糊。

從聖誕節來臨前的好幾天開始，就要做這樣的準備了。我則常常趁著母親不注意，偷偷去抓放在還沒烤的布丁麵糊裡面的櫻桃、堅果和小紅莓等配料吃。

有一天在我們家，我剛好和松木先生談及聖誕布丁這個話題。我跟他說那是為了貯存樹木的果實和水果，所衍生出來的智慧結晶，也是隆冬之中無可比擬的美食。懷念著美好往事的同時，突然間發現窗外有斑鶇的身影。接下來，我們的話題就自然而然轉到鳥類的飲食生活上了。只要觀察牠們的行動，就會了解牠們是配合著季節變化，依序享用著時令美味。

夏天有山莓加上桑樹的果實，以及味道模樣都很像奇異果的水果和山葡萄等，森林中甜甜的果實任君挑選。

然而，一聽到十一月的腳步聲時，這類的果實就完全消失一空了。於是鳥兒們就開始啄食至今為止都不屑一顧的小梨子。雖然味道有一點酸，但倒也不是那麼難以入口。這個時候除了這個，也只剩下三、四種可以吃的果實了，鳥兒們似乎領悟到了這一點，所以確確實實地的從這種東西開始吃起。

慢慢地，那也吃光了，下一個輪到的是七度灶的果實。雖然英文都是叫做「rowanberry」（花楸漿果），不過和蘇格蘭人用來作果醬的那種果子相比，似乎要來得苦得多。連這個也吃完之後，接下來就會開始吃起灌木的果實了。那個也是一樣，雖然在字典裡面都是叫做「紅莓苔子」（crowberry），卻並不是作為火雞佐料的那種樹子，而是另外一種。味道苦得不得了。再來，從黃檗果開始，把藤蔓植物的果實，吃到一顆也不剩。

到了這個時候，再也沒有人類可以吃的食物了。那些果實人們往往一口咬下去，就因為苦得受不了而吐出來。

山上的雪積到一公尺高的時候，就差不多連熊都會躲進洞穴中了。根據

松木先生從他父親那裡聽來的話說，在這個季節，熊會拚命把七度灶的果實往肚子裡塞。據說在熊進入冬眠的時候，那些果實會在熊的腸子前端發揮「栓塞」的作用。雖然松木的父親大人用了一個很有趣的名字來稱呼熊，不過我卻不太好意思在這邊說出來。那也是我非常想送給常常「放薰風」（放屁）的澳洲朋友用的綽號。

此時此刻，大熊們應該正在林中深處，一顆顆吃著手邊的橡樹果和掉到地上的山毛櫸果實吧！由於今年夏天，氣候感覺不太像是夏天，牠們要尋找吃的東西，肯定會有點困難吧！

隨著可以吃的植物遞減，AFAN森林中的野兔們就會開始啃起樹皮來。我們剛種下去的西洋櫪樹樹苗，常被牠們啃得亂七八糟，山毛櫸的小樹也被搞得七零八落的。在這一帶，各種落葉樹下方冒出來的小草上頭，到處都殘留著一小球一小球的野兔排泄物。從大大小小、各式各樣的糞便來看，似乎並不是同一隻排放出來的。

野兔所造成的災難並非僅止於此。牠們還吃通草和葛藤、胡頹子和衛矛，甚至連楓樹、白樺、榆樹、杉樹和落葉松也不放過，把整張樹皮啃得一乾二淨。

我剛到黑姬來的時候，野兔肆虐也非常嚴重，政府為了保護小樹，下了一個把狐

狸放到山裡去的對策。目前這個措施雖然已經解除了，不過狐狸似乎並沒有減少。現在數量比十年前少的反而是雉雞。

狐狸和狸一樣，都有擔任清道夫的本領。託人類製造的垃圾的福，牠們即使在冬天，也不知道什麼叫做飢餓。因此到了春天，有辦法生下很多的孩子（不過，我們家製造出來的垃圾都會拿來堆肥，所以那些傢伙吃不到）。

這個冬天，松木先生好像打算捉個兩、三隻野兔。我也滿心期盼他傳捷報來。寒冬中的燉野兔肉真是令人無法抵擋。如果再配上剛出爐的麵包和冰得涼涼的葡萄酒的話，就是最棒的大餐了。

說到會造成問題的動物，還有一種，就是討厭鬼烏鴉。追根究底，那還是垃圾和人們隨便丟棄吃剩的食物所造成的，不過總之烏鴉的數量確實是增加了！雖然應該是有人會獵殺烏鴉，但是那群傢伙的頭腦真的很好，行動也非常小心謹慎。而且無論如何，大概不太會有人想捉烏鴉來吃吧！

高砂深山鍬形蟲，鞘翅目，鍬形蟲科。雄性體長4～8公分、雌性體長2～4公分。幼蟲躲藏於枯木之中，成蟲常出現於五月～八月間。

不過事實上，我在英國度過的少年時代中，曾經吃過一次烏鴉肉。當時我被邀請到一個老婦人的家中作客，她用深山烏鴉肉做成的肉餅招待我。我知道在這裡，也有幾個會吃烏鴉肉的獵人先生。雖說如此，不管是在日本或是在歐洲，端上一般家庭餐桌的烏鴉料理，大概都很難吃吧！當時一聽到我報告說：「我在那個某某某的家裡，被請吃肉餅。」母親就在意得不得了。隔周的周末，甚至還專程跑去肉店，買了一隻肥美的大公雞回來烹煮。

我本身雖然並不討厭深山烏鴉或是渡鴉，不過我有朋友卻苦於這些傢伙所製造的災害。牠們好像是會襲擊雞舍、偷雞蛋的樣子。我們家的雞舍連屋頂都鋪上了鐵絲網，加上狗兒會吠，那些意圖不軌的烏鴉並不容易接近。

之前，我寫過入侵我家的山鼠和溝鼠的事情，那永無止盡的戰爭到現在還持續在打。不過，如今 AFAN 森林的山鼠數目已經減少了，這次，數量大幅成長的是貓頭鷹。

「這是因為我們實施間伐，讓樹下長出草來，貓頭鷹尋找獵物時也變得更輕而易舉了。」松木先生說道。照顧周到的森林成果豐碩。只要有充足的陽光照進來，各色各樣的生命都會在此生生不息。正因如此，一看見從枝頭上掉下來的果實或樹

子增多，老鼠就會跑出來，而貓頭鷹也立刻會出來捕捉牠們。

就像這樣，自然界一直保持著絕妙的平衡。所有的生物共同編織成一個「生命之環」——每天光只是觀察著這個結構，就不會厭倦在黑姬的生活了吧！況且，只要擁有宛如山林主人的松木先生這種說話對象，日子似乎就不可能會過得無聊了。

話說回來，各位，野鼠——不，應該說是老鼠一族中，大概存在著所謂的「俯衝高手」吧！聽說牠們竟然會跳進養殖場的魚塘，抓鱒魚的魚苗吃！作為「害獸」，牠們似乎是比蒼鷺更卑劣的敵人。

住在樹洞裡的小貓頭鷹。

謀殺自然

沐浴在從書房的窗子傾注下來的陽光中，我書寫著這篇稿子。昨夜大雪紛飛，想必滑雪產業相關從業人員心裡大概鬆了一口氣吧！有一天早上，林業家松木先生、助理哲也君、攝影師南健二先生加上我，趁著大雪暫停，開著兩臺四輪傳動車從木材輸送道路上山，想要親眼到飯繩山另一頭的靈泉寺山頂附近去看看。在中途和我們會合的，是據說已經六十歲的小林先生，他是本地獵友會的耆老，從孩童時代開始，就像在自家庭院中散步一樣，在這附近的山林中來回走動著。我從這位小林先生口中聽到了相當令人憂心的消息，不禁當場愣住了。信濃町這一帶所剩無幾的原始林之一的桂川原生森林，即將要被全部剷平了。

十二年前，我也曾跟著本地獵友會的會員們，來過這一帶（雖然我個人並沒有帶獵槍）。那個季節春意尚淺，正當熊剛從冬眠中甦醒，開始出來洞穴外面活動的時期。由於通往戶隱村的道路有一段碰到河川，所以我們就下了車，徒步攀登險峻的山路。在那一天所見到的風景，至今都無法忘懷。參天古木巍峨的美、山間迸出

的清流、到處殘留著的動物們的腳印，全都讓我深深受到吸引。那一整天，我看見了四頭熊，還一共發現了七頭熊的腳印。

隔年春天，一個人帶著相機和帳棚、睡袋舊地重遊的我，清楚地看見了這裡巨大的改變。有熊出沒的森林已失去了蹤影，而原本擁有著樹齡三百年或四百年老樹的豐富混合林，也變成了種植杉樹的人造林。山脈被挖開來，開闢出木材輸送道路。

昨天，我們沿著睽違十年的那條山路走。依照往例，伐採活動要是一再深入森林的深處，恐怕連這座山最裡面剩下的唯一一座山毛櫸原生森林，也會遭到開發者的毒手。他們投下鉅資建造水泥橋，是前年秋天的事。那座橋簡直是「沒有用的廢物」。

十二年前栽植的杉樹，也幾乎都疏於照顧，放任其生長。因為沒有確實實施疏伐，一開始種下的杉樹和落葉松都沒有充分地開枝散葉，現在看起來就宛如棒棰一樣插在那裡。因此，在這裡特地花上一億日圓的稅金鋪橋造路，實在是捨本逐末。

一邊闖入森林深處的同時，發現雪仍下得很激烈，這樣子不捨棄車子不行了！周圍聳立著山毛櫸和橡樹、白樺、山櫻，似乎全都是樹齡高達好幾百年的古木。那些全部都被林野廳標上了「號碼」，最終都逃不過被競標砍倒的命運。

「這座森林對熊來說，是最後的桃花源了！」小林先生指著那些樹的樹梢說。由於樹枝和樹枝之間有很大的空隙，所以可以判斷有熊在這裡構築洞窟。牠們大概都是撿拾著從樹上掉下來的山毛櫸果實和橡樹果維生吧！果然，當我們更往裡面走，便看見了全新的熊腳印。我在那附近來回不停的尋找，發現腳印實在是多得令人不敢相信。政府為什麼會允許這座森林被砍伐呢？我的胸中充滿了悲痛。不光只是長野，北從知床開始，南到沖繩，究竟有多少原生森林被破壞掉了呢？

再仔細觀察，會發現好像還有些什麼地方不太一樣。在以前，只要看見載著木材的大卡車開下山，就會知道「啊！又有混合林的古木被砍掉了！」而現在呢？大卡車的貨櫃都蓋上了塑膠布，看不見木材的樣子。然而，謀利的還是同樣的企業。建設公司參加林野廳的招標，取得林木的採伐權；林野廳則用販賣國有林的木材得到的錢，幫職員們加薪。林野廳說出來的話，真是讓人聽不下去。因為目前缺乏正規的護林員，所以甚至連到山中巡視、看看現在正發生什麼事這種基本的調查工作都沒做到。就同樣等級的官廳而言，林野廳的做法實在站不住腳。

倘若要進行採伐，就必須要開闢山路，而承攬造路工程的也是同一家公司。而且，因為如此，最後我們繳納的稅金有一大部分都流進他們的口袋中。和所有層層

剝削的黑金內幕一樣，收取木材回扣的是龐大的聯合企業集團。從冬季奧運預定在長野縣舉辦這件事，就可以看出不尋常的意圖。一旦到達建設的最高峰，長野的樹木一定又會一棵接一棵地被砍倒吧！

當然，我這們邊從不打算保持沈默。然而政府對於我們的抗議或請願，經常都只是鄭重其事的聽一聽，然後說「好的！再見！」而已。聽見我們的主張，他們那邊也非常吃驚。在黑姬森林進行採伐活動的時候，政府這種友善卻無禮的做法，非常明顯。

非但如此，就連AFAN森林再上去一點的山林裡，也闢出木材輸送道路。那一帶的生態平衡因此受到意外的損害。現在，侵蝕早已經開始了。確實，他們砍的是人為栽植的杉木，會那樣並非出自他們的本意。然而，據有朋友在林野廳上班的小林先生說，政府預定要大舉採伐落葉樹混合林。日本已經不適合再進行混合林的砍伐了。許多林學權威也持相同的意見。天然的混合林要是被砍得光禿禿的，隨著侵蝕活動逐步加劇，會危及到野生動物的生存空間。

真是卑劣的做法！居然投下好幾億的鉅額開闢道路。那些錢是從哪裡來的呢？全都是我們繳納的稅金。然而，這又是何苦呢？為了區區幾百萬的木材收益砍掉老樹。像這樣為了賺錢，明目張膽地傷害日本的森林、河川、海洋的情況，還在持續中，這簡直是一種名為「自然破壞」的自殺行為。

我對於屋久島和白神山地被指定為「世界自然遺產」的事，打從心裡感到開心。但是日本加入這個條約，只不過是做做表面工夫而已吧？究竟是自己也想認真地保護環境，還是為了博得國際輿論的認同呢？現在不對東北的山毛櫸原生森林伸出魔爪，但是別的地方的森林還是可以隨便亂砍吧！這不正是他們真正的心聲嗎？看起來，政府的態度雖然已經改變了，但是官僚們卻依然故我。非常遺憾的，不論我們怎麼抗議，大概都無法推翻他們的決定吧！接下來，我要將自然資源如何從我們手中喪失的始末記錄下來，並且將這件事情當成我最大的使命。

砍伐活動一旦開始，那些傢伙大概就會躲我躲得遠遠的吧！然而，我已經有了即使被人家從木材輸送道路上攆走，也要在山裡硬賴著不走的心裡準備了。我打算一棵也不漏掉的拍下被砍倒的老樹的照片，為它們留下記錄。

後來我很榮幸地得到了和幾位林野廳的高層吃飯的機會。那不是很正式的飯局。我在談話之間，提及了有關桂川的原生森林的事。關於為了要在原生森林中開闢木材輸送道路，而替樹木標上號碼，就這樣將它們推向被砍倒的命運這件事。

飯局過後一個星期，從林野廳來的、長野地區的負責人，立刻就過來視察了。那時我並不在黑姬。那位官員在林業家松木先生的引導下，自個兒從林木輸送道路登山。結果，我們得到了政府不會砍伐桂川的原生森林、會一直鄭重地守護她下去，這種充滿誠意的答覆。

冬季快要結束的時候，我再度前去拜訪原生森林。是為了要準備迎接最壞的消息，事先去將森林的姿態拍攝下來而去的。然而，當好消息傳來，我感到日本政府中，總算也吹起一股清新的涼風了。前一陣子，培育山林工作者的學校剛剛創校並開學了，目前我正帶著後進和那裡的學生，進行野外訓練。目的是為了要讓他們實地接觸長滿老樹的森林，以及棲息、生長在那裡的各種生命。現在，我們所需要的，正是更多開放的、可以暢所欲言的場合。讓認真思考著環境問題的人們齊聚一堂，跨越各自的立場和小團體的藩籬，直率地進行意見的交流。

我知道推動著這個國家的政策的高階官員，也並非全部都是一丘之貉。畢竟能站上頂端的人物，肯定具備著一定程度的資質。另外，大概也擁有著在現有的資料面前，下出正確決斷的能力吧！接下來，就由我們這邊提供下判斷的素材給他們了。

小波奇

明明還沒過新年，我卻已經開始饑腸轆轆了。加一堆東西做「雜菜燴」如何呢？來煮熱騰騰的火鍋也很棒，把壞狗狗的狗鞭切得細細的煮來吃也不錯……，像這樣，我已經開始考慮起過節的年菜菜單了。

話說回來，引發這波騷動的元兇，就是助手哲也君養的小狗波奇。這小傢伙真是不知道該怎麼說牠。總之都是因為哲也君太寵了，所以牠老是跟在哲也的屁股後面打轉。

然而，雜燴剩菜最適合的接收者——頑皮的小波奇，是禁止進入我家屋子裡的。那是因為愛爾蘭長毛獵犬母狗梅根看牠不順眼的緣故。梅根是我為了讓日本出生的愛爾蘭長毛獵犬——愛犬摩格娶妻，特地從英國本地抱回來的驕傲的「貴婦人」，牠非常討厭沒教養的小狗。當然，那個愛惡作劇的小傢伙波奇，實在是調皮的不得了。從前，我們都會把波奇放在院子裡，由於牠太淘氣了，梅根常常都會被惹得很毛。看到小波奇被梅根懲罰了好幾次之後，乾脆就不准牠進入我們家的地盤了。

那之後過沒多久，小波奇一如往常跑到朋友家去玩時，卻不見了。哲也君到附近來來回回不停的找，而我們也貼了「尋狗啟事」，並且到處去問人，就和世界上所有愛狗的人一樣，我們用盡了各種方法，卻依然找不到小波奇的行蹤。

然而，就失蹤在四、五個月之後，小波奇突然出現了！牠幸運的被距離我們家差不多七公里遠的「別墅」裡的主人收養，似乎過了一段相當滋養的生活。牠的沒教養更是變本加厲了！會變成這樣，雖然有一大半原因是因為牠跟野狗一樣粗野，不過拜梅根所賜，我們疲憊不堪，也是一個因素。

就在那段期間，梅根罹患了癌症。雖然手術是成功了，不過之後卻越來越虛弱，一九九二年年終的時候，牠在我出外攝影和演講，暫時不在家的時候再度病倒。雖然我在回到家的隔天，就馬上把牠送到長野市內的井上醫院去住院，但卻為時已晚了——當時牠似乎已經到了大限，在死亡即將來臨的時刻，等待著主人回家，見他最後一面。實際上，梅根就是這麼一隻感情豐富的狗，不分晝夜，總是替我守著門，等待著我的歸來。梅根已經不在了，哲也君似乎覺得這正是一個讓小波奇登堂入室的好機會。摩格對於新加入的成員完全不感興趣。然而牠已經十二歲，過了血氣方剛的年紀，而且摩格雖然看見鼴鼠或蛇、雉雞、貓的時候表情會變，但是卻是一隻對於同類原本就非常溫和的狗。

小波奇已經不是一隻小狗了，牠簡直就像一個愛惡作劇的小頑童漸漸變成不良少年一樣，正在培養牠那一肚子的鬼主意。總而言之，從靴子、皮鞋到掃除工具，甚至是洗乾淨的衣服等，只要是到牠手邊，都會被牠一個個咬到稀巴爛。不管哪一種小狗都一樣，告訴牠什麼事不能做，是主人的責任。根據我的經驗，即使是陰晴不定的愛爾蘭長毛獵犬，慢慢教導也會聽得進人說的話。如果是天性沈穩一點的品種，更是有可能給予充分教養的！不過，如果對方是小波奇的話就很難說了。

摩格原本就是一隻獵犬，一直到好幾年前為止，都會跟著我出去打獵。正因如此，對於翻越雞舍的圍籬，到自己的地盤來作亂的小雞，牠都會絕不寬貸地攻擊。然而，只要我喊一聲「不要那樣！」牠就會靜靜地幫忙把小雞趕回雞舍裡。雖然在養雞場的屋頂鋪上金屬網子並不麻煩，但是因為面積還蠻大的，會沒辦法承受積雪的重量。取而代之的，為了不讓老鷹飛下來抓走小雞，我在上面拉了好幾根鐵絲。

對好幾年前在這裡工作的年輕助手而言，養雞場的門要是開著，他就該頭痛了。因為託那個的福，摩格曾經鑽到裡面去，把兩隻雞趕到外面來，並且殺了牠們。然

而，摩格一知道做出這種舉動，主人我會不高興，就馬上停止這類的行為了。

話說小波奇其實是一個好演員——牠知道怎麼引誘獵物出來。上個月，我慢慢發現牠的深藏不露。牠會趁著人們不注意的時候，在養雞場外面走來走去，然後對著裡面狂吠，或者是拚命抓金屬網子。這樣一鬧，戒慎恐懼的小雞們當中，總有一兩隻會慌張地往外飛。小波奇用這種手段，在兩天之內殺掉了一隻小公雞和我非常愛護的四隻母雞。那全都是我從春天開始就一點一滴拉拔長大，替我生下許多美味雞蛋的雞。

我對哲也君說出小波奇到底做了什麼好事。他也認為應該盡全力教導牠。然而，只要一抓到機會，小波奇就不斷用同樣的手法作案。拜這個所賜，每當騷動發生時，我們就不得不到現場去探查情況。跟在我身後的摩格，似乎也非常看不過去。小波奇一看見我們，跑得簡直跟慌忙逃脫時的兔子一樣快。然而廚房入口處的門一關起來，牠馬上就會原形畢露了。小波奇到我家來覓食的時候，就是那個樣子。要是那傢伙來過的話，一定連盤子裡的東西都會被掃光光的。

現在，我家附近完全被積雪覆蓋，客人們也都回家去了。哲也君正處於等

待返鄉的前夕，每天從早上開始就非常地忙碌。小波奇為什麼會瞧不起那樣的主人呢？居然依然故我地到處大快朵頤、狼吞虎嚥，還在雞舍的圍籬上弄出一個洞，然後整個身子鑽進去，往裡面長驅直入，又再度對五隻母雞下了毒手。那是我們熱飼料、切蔬菜、準備臥鋪，照顧了好幾個月的母雞，萬事俱全，就只等著順利下蛋的母雞。窗外，哲也君正拚命地追犯人。雖然他追小波奇追到勇敢地衝進大雪中，不過無論如何都還是捉牠不著。最後，他暫時對逮捕小波奇的事死心，先行處理被殺掉的母雞。對於那些雞來說，比起隨便被放著腐爛，被我們吃掉應該更能得到超渡吧！

說到摩格，牠後來怎麼樣了呢？首先還是得從小波奇開始說起。那小傢伙在門的下面挖了一個洞。牠去啃那個為了彌補高度而打造的三夾板夾層，非常高明地把那東西弄壞。每次一想到這種事，就覺得一定是那小王八蛋做的。在三夾板上面開洞，弄壞板子以便讓整個身體都能擠進去，這和在雞舍時用的是同樣的手法。

碰巧有一天，我們循著熊的腳印在山林中行走。就在那個主人不在家的時候，摩格企圖從小波奇弄出來的那個洞逃出去。一定是又到了發情期了。隔天，才回到家的摩格，「小弟弟」很悲慘地被弄斷了。恐怕是正跟哪裡的母狗打得火熱的時候，被飼主發現，不由分說地把牠趕走的緣故吧！由於已經到了無論如何都無法挽

救的地步了，所以井上先生乾脆將那個部分整個都切除了！

結束十八天的住院生活後，回到我家來的摩格，完全變得意志消沈。事情是誰造成的呢？眼前的小波奇就是始作俑者！我對摩格真是同情的不得了。話說回來，在梅根第二次生產之後，我就拜託井上先生替摩格做了所謂的「輸精管結紮手術」。摩格早就已經沒有生小孩的能力了！

真的馬上就要過新年了！我周遭殺小雞的不良少年和年逾十二歲不得不退休的幫手，接下來會怎麼樣呢？對可憐的我來說，牠們是神的恩典。

車行數個小時之後，終於抵達了國見丘。站在那裡，可以瞭望宮崎縣的山村——範圍遍佈深谷的椎葉村。因為當地那些彎彎曲曲的小徑全都非常濕滑，所以幾乎都是處於禁止通行的狀態。而要到椎葉村也只能走山林間的步道，那並非是遠古時代的做法。那個村子裡的人們被稱做是平氏家族沒落的後代。據說一一八五年壇之浦大戰後，因為緝捕被源氏打敗的平家武士的行動極為熾烈，逃避那些追捕者的武士們跑到像這樣的邊境來，藏身在這裡。

當天因為下著劇烈的暴雪，天氣就像要撕裂身子那般的寒冷。一想到只要再過四十五分鐘就會抵達住宿的地方，喝燒酒、泡熱水澡，就覺得開心得不得了。

隔天早上，因為那些彷彿被白雪化了妝的山巒，讓我產生了身在北海道的錯覺。雖然此地是南國的九州。我們此行要拜訪的人是大前兄弟——這兩個人雖然都已經六十幾歲了，但仍是現役獵人，在山中傳統生活方面，是像「活字典」一般的人。接下來的兩天，我們要請他們當嚮導。同行的電視臺導演，似乎滿心期待地想

要捕捉獵鹿和獵野豬的畫面。而我心裡想著，那斜坡如此陡峭，要帶著龐大的外景攝影隊同行是絕不可能的，但無論如何，在山中漫步總是不賴。

哥哥的家後面，有著兩棵樹幹周長差不多有四、五公尺的巨大橡樹。其中一棵根部覆蓋了很大一片土地，盤根錯結之中，矗立著一座小小的廟臺。據說，裡頭供奉著山林女神以及祂的徒弟獵犬守護神古作。根據村子裡流傳的故事，古作是單肩扛著斧頭、蓄著鬍鬚的彪形大漢。第一天出發之前，哥哥在廟臺上供奉了美酒，並且虔誠地祈禱著。

大前兄弟各自牽著七、八頭的獵犬。剛剛看到牠們的時候，感覺到牠們體內似乎留著獵狐犬的血。兩人手中拿著的皆是口徑很小的散彈槍，那是能很快就獵殺鹿和野豬等大型動物的東西。據說他們倆兄弟，都是不狙擊野兔或雉雞這種小獵物的。實際上去追這類獵物的是狗兒們。大前先生們會放開獵犬，讓狗兒們自由活動，並且豎起耳朵聽牠們的叫吠聲，耐心地等待著牠們嗅到獵物氣味時發出的訊號。兩人的登山背包裡，都放著外科用的手術刀和縫線。準備這個是因為野豬被追到窮途末路時會拚命地反擊，用尖銳的牙齒咬傷狗兒們。讀者們之

中，應該有人會覺得「哎呀！好過分，狗兒們太可憐了」吧！然而，只要看過從放在大卡車貨廂裡的籠子中飛奔出來的獵犬們的模樣，就會發現牠們自己似乎也非常熱衷於打獵。

結果，第一天，因為下得越來越大的雪，漸漸找不著獵物的氣味和腳印，於是就這樣暫停狩獵，下了山。

我感到有點沮喪。不過並不是因為找不到獵物的關係。是目睹了森林慘澹的情況，所以不知不覺憂鬱起來。這裡大部分的豐富混合林，也都被改種杉樹或柏樹，成為單一樹種的人造林了。到處都可以看得見土石鬆動的痕跡。那幾乎都是砍伐專用道路的興建工程所造成的，其中有很多地方如今都禁止進入了。即使深入山林的深處，也找不到足以被稱做「大樹」的樹木。大前先生說，河川的水位跟他年輕的時候相比，似乎已經降低三分之一了。隨著水位降低，魚類的數量激減，較大型的魚也變得很少見了。據說，特別是紅點鮭，幾乎已經銷聲匿跡了！

當天晚上，我們在大前先生的家裡吃鹿肉和野豬肉大餐。大夥兒圍繞著老式的圍爐，享用著烤肉和火鍋。我雖然已經在日本生活了一段很長的時間了，但是聽到「獵師曆」的事，那晚還是頭一遭。那是打從古老的江戶時代，就在獵人之間流

傳，大前兄弟至今還使用著的東西。獵師曆的原理說起來非常簡單。拿圓規以自己所在的位置為圓心畫一個圓，然後在各個方位上，一一填寫日期。也就是事先規畫好，哪一天到哪個方位打獵。當然，沒列入記載的方位就完全不進行狩獵活動。各個方位依照順序輪流，差不多十天左右會輪到一次。這不愧是守護大自然的巧妙智慧！大前兄弟還拍胸脯保證，這種東西在現代社會中，也相當合用。就我個人而言，首先絕對會先考慮應用在幫助國家公園中健康的混合林再生、加強正規管理員的巡邏活動等方面上。

第二天，我們一行人遵照著獵師曆的指示，往跟前一天不同的方位出發。出發之前，哥哥用竹竿和紙張做了紅白色的祭神驅邪幡。因為這一回要去的山，是歸另一位女神看管的，必須供奉祂。一大早雪就積到十五公分高，晚一點還得了。我們在一開始約莫兩、三百公尺的地方，爬上被颱風吹倒的杉樹樹幹走到半途，好不容易越過了這段路，接下來出現在眼前的是濃密的竹藪，大前先生沿路砍下短短的竹枝、攀折楊桐的小枝條。接下來，沿著山路，差不多再爬兩公里左右，會看見一棵參天的松樹神木，其根部緊緊環抱著大岩塊，而岩塊上面有一座廟臺。大前先生一手抱著事先準備好的祭神驅邪幡，首先在地面上插上短竹子和小楊桐枝。接著砍掉竹節，做成一個竹筒，把拜神用的酒倒進裡面去。接著便虔心地祈禱了一陣，他向以山林女神為首、守護著這座山的八百萬種神祇們乞求，請祂們允准自己捕捉山裡的野獸作為食物。

雖說如此，像一行揹著兩台重達十六公斤的攝影機，成員包含各兩個的攝影師、音效師和導演這麼龐大的隊伍，不知道該往左走往右走，還真是令人非常不敢想像的事情。不管是哪一種「獵師曆」，對於野生動物的保育，應該都頗有貢獻吧！雖然照指示做，不一定能獲得成果，對我們而言卻也算是很好的運動，而狗兒們也可以因此盡情地到處奔跑吧！

在日落之前下山的我們，回程當中，有一臺小型的卡車猛然開過來，上面有位村民，把大型的垃圾往外丟。舊冰箱加上流理台、浴盆，以及塞滿瑣碎東西的盒子兩個，一個一個滾落到被河水沖蝕出來的土堤陡坡上。要是沒發生這種事，那會是一條維持著自然風貌的美麗河川。在這裡，我並不打算說出那條河的名字。我故意這樣是為了不想讓建設省發現，因為一旦把睡著的孩子吵醒了，他們一定會特地跑來建造水泥堤岸的。

屋久島

一九九四年十二月，在聯合國教科文組織的各國代表會議中，有二十三個地方被指定為新的「世界文化自然遺產」。其中，日本就有四個地方包含在裡面。姬路城和法隆寺在歷史文化方面擁有相當的價值，而白神山地和屋久島則以其豐沛的自然資源被認定為「世界財產」。

對日本而言，這是首次的壯舉，而我自己身為鹿兒島縣環境文化懇談會的委員之一，對於能擔任屋久島被認定為自然遺產的推手，實在感到非常驕傲。

截至目前為止，全世界有十三個島被選為「世界自然遺產」，其中包含厄瓜多的加拉巴哥群島（**Galapagos**）和澳洲的菲沙群島。根據同樣是懇談會成員的大井先生說，在日本，大大小小總共有多達四萬五千五百二十六個島。雖然我並沒有一個一個算算看的慾望，也不確定這個數字是否也包含了人工島，但無論如何，日本確實擁有為數那麼多的島。那麼，為什麼屋久島會入選呢？

一講起屋久島的特性，每一次都會被拿來舉例、可以說是象徵的東西，

就是「繩文杉」——據說樹齡已超過七千年的杉樹神木。聯合國教科文組織的「世界遺產中心」所長 Bernd Von Droste 博士說，屋久島杉木林中的杉樹神木，是世界上碩果僅存、無比珍貴的寶物。

如果你是未曾去過屋久島、不以走山路為苦、下雨也不以為意的人，那麼我由衷推薦你務必到那裡去走一走。站在參天的古木森林中，大概會油然生出一股敬畏感吧！雖然傳說中享負盛名的黎巴嫩杉樹，如今已無緣得見，不過，屋久島的杉樹還依然健在。

這座森林的標高約有兩千公尺的差距，靠近山頂的地方生長著高山植物，山麓地帶則是熱帶植物叢生。屋久島周圍遍佈珊瑚礁，並且以海岸邊會有海龜上來產卵而聞名，陡峭的斜坡上，遍地盛開著至今為止不曾見過、美麗非凡的石楠花。特別值得一提的是，據說屋久島是會下雪的。事實上，日本會降雪的區域中，屋久島這個地方正是最南邊的界限。島上到處是流瀉著冰冷清泉的瀑布，及流淌的河川。

同樣在懇談會擔任委員的秋山先生是林業專家。他向我說起了四十三年前，他還沒開始進行森林田野調查的時候，造訪屋久島時，所看見的島上風貌。據說，他是和幾名本地的嚮導，一起揹著帳棚和食物入山的。秋山先生說，屋久島上肯定還

有著許多我們所不知道的動植物。因為他自己帶的調查隊一行人，最後還是有些地方無法深入。

屋久島的森林中，棲息著許多的鹿和猴子。尤其是猴子的數量激增，目前正為本地的農民和果園主人帶來了很大的災害。另外聽說從前在島的四周圍，會有無數的飛魚一起產卵，那些剛孵化的魚苗，幾乎讓周邊的海水都變成純白色的。在雪中散步、在傾盆大雨中下山、泡溫泉、海泳，在屋久島，這些都可以一次全部體驗。

日本的新聞報紙第一次刊載屋久島的杉樹神木（後來稱為「繩文杉」）照片，是在西元一九六七年。之後，圍繞著保護它的議題，爭端不斷。

林野廳和木材業者替屋久島的森林帶來的損害，數都數不清。山洪、滑坡、侵蝕等重度的災害，已撼動了整座島，奪走過無數的生命。其中，以島上的自然資源致富的人，幾乎都是「異鄉客」。

根據這次的保護條約內容，受到保護的部分事實上只有一萬公頃，至於剩下的四萬公頃土地，還尚未有任何規範。那些開發者們，一定都笑得合不攏嘴了吧！從以往的例子來看，一旦被明文列為「世界自然遺產」，觀光事業的規模必定會一口氣成長六倍以上，所以那些傢伙們絕對不可能放過這個商機。而羊毛出在羊身上，買單的，無非是島上的居民和當地的大自然。

很快地，建造纜車的案子就要執行了！一旦纜車通行了，腳部和腰部較虛弱的人、繁忙的人，以及懶得爬山的人，到穿高跟鞋的女性，不管是誰全都可以輕鬆地看見「繩文杉」。然而，因為這樣，必須砍掉幾棵樹呢？

即使並未如此，由於大批的人潮湧來，沒神經地在根部周圍踏來踏去的緣故，使得以「繩文杉」為首的杉樹古木全都陷入了危機之中。現在，我們還在持續盡全力地守護那些老樹的生命。不過聽說高爾夫球場的開發計畫被提出來，是遲早的問題而已。而因為水槽中流出來的殺蟲劑和除草劑的關係，使得島周邊珍貴的珊瑚礁遭受到毀滅性的打擊這件事，也經常被討論到。另外，據說也有在山的急斜面上開闢可以讓許多車輛通行的大型林道。而這些似乎都是開發者的主意。

屋久島的兩位鎮長上屋久町的矢野先生和屋久町的日高先生，也思考過這些事。如果想讓觀光客增加，勢必就要建造出足以容納那麼多人的設施。然而，也勢必會破壞這個島的美感。

打從這兩位先生告訴我，他們「很想加入懇談會」之後，我就一再對他們提出

某個建言。那就是應該編列預算，引進對於處理垃圾和日常生活廢水最有用的設備這件事。目前市面上已經開發出許多能淨化廚房和浴室所排出的家庭生活廢水的裝置。據說以那些設備的水準，足以把水質淨化到讓鱒魚這種只棲息在清流中的魚類居住（**不過，那只限於水溫低時的情況**）。

另外，還有把有機垃圾變成堆肥、將可燃性垃圾化做固體燃料等，使垃圾脫胎換骨的設備。而據說這類固體燃料，比起目前大眾使用的汽油、煤油等燃料油，對空氣的污染程度較小。屋久島的人們現在正在認真評估該不該導入這樣的設備。為了做出具體的計畫，已經邀集了好幾個專家共同研究。事實上，這是非常令人開心的事。

加深理解自然的教育、無損環境的觀光行政、培養專業知識、培育受過充分訓練的嚮導和管理員——以上若是缺一，要守護、保育屋久島的自然環境，是相當困難的。

Bernd Von Droste 博士提出了在屋久島設置「世界自然遺產」事務局的建議。因為為了使島上的自然保護活動和事業開發保持平衡，設立一個能統整兩方面的組織是有必要的。同時，他也相當期待設立「日本世界遺產協會」，奠定自然

保育活動在這個國家的磐石。截至目前為止，加入世界自然遺產保護公約的國家，包含日本已經有三十六個，而世界遺產中心的所長也呼籲要「跨越國際間的藩籬」。

雖然我大大同意這個主張，不過我還是希望那些島民自己發起的抗爭活動，能從頭到尾持續下去。然後，我由衷期盼屋久島的自然環境能永遠受到保護。

野豬

我敬愛的友人，也是多年好友雕刻家池田宗弘先生，之前曾到西班牙留學過兩年，期間曾經造訪 Glicia 地方的羅馬式建築教堂，學習其繪畫、雕刻等方面的藝術風格。而意想不到的是，在 Glicia 一個叫做 Panyon 的小村莊中，買了一間不錯的公寓的我，竟然遇見了昔日知友池田先生，得到機會看他工作的模樣。

在從十一世紀開始建造，直到十二世紀竣工的那座教堂中，野豬作為雕刻的題材，屢次登場。而且橡樹果和橡樹葉子也是。「為什麼呢？」我問池田先生原因。

當時，西班牙擁有豐富的森林資源，並且幾乎都是橡樹。而以英格蘭為首，任何一個擁有強大海軍的歐洲各國，都以橡木來作為船隻的建材。於是最早為了製造大批的船艦，已經有面積廣大的森林被破壞掉了。其後，隨著產業陸續的發展和羊群的增加，兩者交逼之下，這塊土地的森林終於漸漸消失。

不過，教堂建造的當時，豐富的森林還未消失。那是一踏進裡面，以野豬為首，無論是哪一種獵物都捕捉得到的時代。學名是「sus scrofa」的野豬

是從波羅的海經過北美、從歐洲傳到亞洲的品種。在日本，從九州到西表島，也都可以看得見同樣的品種。

對森林中的居民而言，野豬自從有史以來，就一直被當作珍貴的食物看待。不過，要獵捕這種動物，不勇敢是不行的。雖然說帶著獵犬蠻有幫助的，但是說起和野豬對峙時最有用的武器，畢竟還是獵刀。

野豬下排的犬齒，從下顎直直地往上突起，從嘴巴到眼睛之間，形成一道弧線。雖然上排的犬齒長度算是短的，不過這個也不能輕忽。而且，正因為經常相互摩擦上下兩排的犬齒，所以牙齒總是保持著銳利。由於野豬會非常迅速地抬頭，所以能用尖牙刨敵人的身體。

牠們的身體可以說是為了戰鬥而生的。牠們總是用頭部撞敵人，性情之火爆也是第一名。因此，在建造地方性的教堂時，獵人常貢獻野豬作為祭祀品。而由於野豬那值得讚許的勇氣，應該要被記上一筆，所以還在石頭上雕刻了野豬的圖像。

那麼橡樹果又是怎麼回事呢？西班牙人直到現代，一到秋天就會把豬放到森林裡去。那是因為讓豬吃橡樹果之類的樹木果實，牠們就會很容易長胖。據說這也是製作最頂級美味火腿的祕訣。而這種豬，不用說，正是知名野豬的子孫。

日本有好幾個山村村民，都會拿野豬肉來招待客人。古老的山中民宿特別是如此。要是不討厭豬肉的話，嚐一次看看也不錯。肉質的顏色雖然比一般豬肉來得黑，不過這是因為與作為家畜的豬隻比較起來，野生的野豬運動量比較大，所以血液中的鐵質比較多的緣故。不過，與外觀相反，牠的味道還真是好得不得了。

在日本，雖然有著供應野豬「刺身」（生吃的肉片）的地方，而我個人也能接受自己家裡醃製的野生生肉，不過對於野豬或是熊的肉，我真的是下不了手。雖然說那些肉品經過當地人冷凍，應該是相當衛生的，不過由於家庭用冰箱的冷度不夠強，我心裡還是會懷疑上面的寄生蟲是不是已經完全剔除掉了？而我最害怕的是無非是線蟲（棉蟲）與捲毛蟲。這兩種蟲都會寄生在動物的內臟或隨意肌中。聰明的人遠離危險，肉類加熱調理過，才會讓人百分之百安心。

豬和人類共同生活的歷史非常早，從豬被人類飼養，成為家畜以來，中間已經有五千年以上的歲月了。我常常想，在日本，雖然自古以來就有野豬了，不過豬正式登場，卻是進入現代以後的事。不過根據我的考古學家朋友說，距今約一千三百多年前左右的奈良時代，就已經有豬了。

就當時的時代背景而言，和中國之間的關係應該是非常密切的，如果將

這點放入考量，會發現結果實在令人驚訝得不得了。確實，在佛教信仰下，一切殺生、吃肉的行為，都是被禁止的。不過，大部分的平民都把那種教條當作耳邊風。

據剛剛提到的那個朋友表示，他們在挖掘當時代的「貝塚」（**譯注：古代人將吃剩的貝殼、獸骨等食物殘留物，集中丟棄於一處而形成的厚厚堆積層**）時，發現了許多的豬骨頭。只要比較顎骨，野豬和豬的差別就會立現——因為作為家畜的野豬常常殘留罹患牙周病的痕跡，野生的野豬則沒有這種現象。然而當時的日本並不流行飼養豬隻，所以牠們的身世譜系是有斷層的。

緊鄰森林的田地和果園等地方，農作物常常遭受到野豬的嚴重破壞。牠們破壞田地與其說是為了覓食，倒不如說是因為貪玩。從前，我也曾經看過果樹的樹枝被折得亂七八糟。老百姓們說那是壯碩的野豬爬到樹上，用牠龐大的體重壓斷的。確實，樹的附近盡是野豬的腳印，似乎也沒看見其他動物的足跡，所以事實很有可能如他們所說也不一定（**在歐洲，我也看過為了吃葉子而爬到樹上去的山羊好幾次**）。

最近這一個月，我曾經在某個獵人的家裡，被請吃野豬肉大餐。那是一個古老的日本民宅，圍爐的中央，有一個大大的鐵鍋從天井上垂吊下來。鍋子裡，啵啵地煮著野豬肉和洋蔥、蘿蔔、牛蒡等各種蔬菜。一直到加入味噌調味之前，一直都以小火熬

煮著。那位獵人先生取下野豬皮，並切成細長條。皮上面附著脂肪和肉，可以作成所謂的野豬臘肉。他把皮用竹籤串起來，靠近火堆，把烏黑的豬毛全燒乾淨，等到表面都處理到很平滑之後，再離開火堆遠一點，紮紮實實地慢慢燻。野豬臘肉雖然有點硬，不過卻越嚼越有味道。配上像燒酒那樣的烈酒，就是一道無比的佳餚了！

從前，我在衣索比亞的國家公園擔任園長的兩年期間，我屬下的管理員或是職員們，有許多是科普特教徒（埃及基督教徒）或是回教的信奉者。而倘若往谷底走下去，雖然也有些信奉猶大教的法拉沙人（Falasha，衣索比亞的猶太人），不過，以上提到的人們全都不碰豬肉。在山中，雖然也偶爾會碰見野豬沒錯，但是要品嚐厚厚的豬排，也非得具備相當的神經不可！樹木的果實、橡樹果，或是山藥之類的食物減少的結果，野豬或豬隻無可奈何，只好開始吃起人類的糞便這一類「穢物」（依照國情不同，也有一開始就用糞便養豬的地方）。回教徒總是說豬肉是不乾淨的東西，令人意想不到地，這正是最大的原因吧！

我所居住的長野縣北部，既沒有野生的野豬，也沒有鹿。一般而言在日本，每年積雪超過五十公尺以上的地方，都不會有這兩種動物棲息。不過遠古時代，即使是在這一代，應該也是有鹿和野豬的。大概只有在冬季期間，牠們會移居到雪較少的地方去吧！然而，隨著農村或小鎮的面積逐漸擴大，牠們已經無法像從前那樣到處輕易地遷移了。話說回來，由於山上一積雪，牠們便會拔腿就跑，所以總是會留下很明顯的腳印。

對於穿著踏雪套鞋的獵人而言，要追擊獵物並不是什麼麻煩事。也許正是因為這樣，野豬和鹿的身影，才逐漸從雪國中消失了吧！

學校

這是個明媚的晴天，藍天鮮明地襯托著山巒。雪花亮晶晶的，一絲風都沒有。那是個露營之後，帶著便當出去，進行越野滑雪的絕佳日子。一個星期之前下得很大的雪也積得差不多了，小小的竹叢和到處散落著的灌木群，全被掩埋在積雪的下方。這樣一來，不論是滑雪或是穿著踏雪套鞋走路，應該都是非常輕鬆愉快的事。

這樣的天氣、眩目的雪景、從樹梢傳來的金雀兒明亮的歌聲，以及高高在天上盤旋著的鳶鳥——只要被其中之一吸引，似乎就會覺得「山是狂暴的」這種說法，是騙人的。但是正因為如此輕忽，每當颳起暴風雪的時候，所有的道路和鐵軌都會被淹沒，滑雪者和登山者的性命也都會被奪走。

一九六二年，我剛到日本拜訪的時候，最吃驚的一件事情就是在此地，因為山難而死去的人數竟然這麼多！那是因為我身為極地長征隊的一員，在北極深處度過好幾個冬天，不了解為何像這種程度的山，會奪去如此多人命——這一點實在令我百思不得其解。

然而，在雪國生活過十四年，而且擁有超過十四年的滑雪及登山資歷的我，如今已經完全明白了。在日本，冬天的山中常會降下激烈的雪，當發現柔軟的新雪埋到腰間的時候，很容易瞬間失去方向感。

在北極就不一樣了，無論雪再怎麼下，都會感到雪中有一股會讓人微微出汗的溫暖。而在拚命掙扎著的時候，全身都會汗濕。然而一到夜晚，特別是晴朗的夜晚，會一口氣變得非常寒冷。漸漸地，雪崩的季節就要到來了——在樹林被林野廳砍得光禿禿的山脈斜面行走時，格外要小心注意。

上個星期，我和新設立的休閒管理員專門學校中的行政教官們，一起在森林中散步。從四月份開始授課起，為期兩年的訓練課程便就此展開了。過去的五、六年間，林業家松木先生和我，一直在持續復育荒蕪的二次林。接受以助手為首的朋友們的幫助，裁剪樹枝、實施間伐，並且栽植新的樹苗。雪地上殘留著的動物們的腳印，正是這樣的努力獲得了成果的證明。

穿著踏雪套鞋在樹木林立的森林中漫步時，經常看得見野兔、松鼠、狐狸和果子狸的足跡。二次林旁邊緊鄰著的是杉樹的單一樹林，一座疏於照顧，而任由雜草樹木隨意叢生的森林——這又是林野廳幹的好事。

一進入這一邊，立刻就看不見動物們的腳印了。其中最惹人注目的，就是臭鼠和田鼠的足跡。在 AFAN 森林中，由於樹下的草皮長得非常好，再加上互相纏繞著的藤蔓都砍得一乾二淨了，所以放眼望去，動植物的種類都增加了，只有老鼠的數量顯著地減少了。

松木先生說，這是貓頭鷹害的。託枝椏修剪過的福，貓頭鷹要找棲息的樹木容易多了。再加上樹下的草皮也整理過，使得老鼠們失去逃竄的場所，貓頭鷹尋覓獵物也變得非常輕鬆。可見這些措施都大大的奏效了。反正老鼠消失的理由不論是什麼，對我們而言，都是非常值得高興的事。臭鼠和田鼠不但會啃樹苗，如果要捉來吃的話，可以吃的肉也不如野兔那麼多。

話說在專門學校中，五月初起到六月底，是預計要實行野外訓練的時間。然後一直到暑假開始，才會重新再展開訓練，持續到十月結束為止。稍微喘一口氣之後，緊接著還有冬季的訓練活動。

指導員們背負的責任非常重大。這是因為創校的第一學年度，師資陣容尚未非常完備的緣故。學生們分成三期接受訓練，也就是說，主持訓練的我們，活動量是他們的三倍，而且那幾個月的時間，都不得不夜宿帳棚或小屋，在

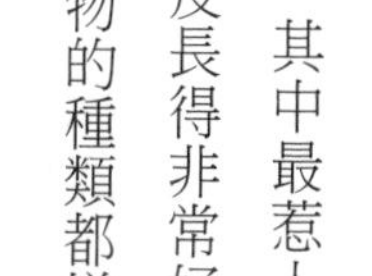

星空下度過。

從下個月起，指導員們會一起上到積著雪的山中，為規畫帶學生上山的路線做功課。即使是在國家公園當中，也有著漂亮的原生森林遭到砍伐、改植成單一的針葉樹林這種事。我們不得不確實掌握目前的狀況，確保野外訓練時的安全性。

我們花了整整兩天的時間，規畫包含學校的營運時間表在內的基本教育方針。諸如什麼裝備是必須的，能蒐羅到什麼程度？學生們最想要學什麼東西？以及，所謂這有限的兩年期間，要怎麼運用到極致等等。

指導員們的臉孔是相當多采多姿的——有日本人、英國人，再加上一名威爾斯出身的加拿大人。我和日本指導員，已有超過三十年的交情了。他是一位野外生活達人，天生就具備著領袖氣質，過去五年都蟬聯全日本空手道「型」大賽的冠軍，而且同時也是全國來福槍射擊大賽的冠軍。他就是這麼一個多才多藝的強者。另外，他還在美國累積了很多田野工作的實際經驗，少林寺拳法的段數也很高。

既然是個在各方面都不服輸、擁有強烈性格的人，他的頑固也是不容小覷的。而在之前的太平洋戰爭中活下來的校長先生，既是田野工作的佼佼者，在林學方

面，更是亞洲相當具有代表性的研究者。

接下來，壓軸的就是我個人——生於南威爾斯的尼斯的老頑固。拋棄故鄉，出生以來第一次遠赴北方的極地時，才十七歲。這種急性鬼被選為副校長，還真只是陰錯陽差。

明年我們打算將指導員的人數增加一倍，如果可以的話，還考慮確保一個名額，留予來自紐西蘭、擁有正式資格的人才。我們的目標是希望每年都可以培育出一百個休閒管理員、嚮導，以及田野工作者。一看到預備要入學的學生的面孔，我就覺得他們不論男生女生，一個個都相當值得期許。想必接下來一定會是充實的兩年吧！畢竟他們每一個都是滿腹熱忱、獨立心旺盛、為了保護環境什麼都願意做，並且深思熟慮的年輕人。

話說回來，在這篇文章即將寫完之際，我也差不多該收拾行李了。整理正式的冬季裝備，往巴芬島出發。回程的時候朝澳洲去，之後則到屋久島、帛琉共和國及英國，行程相當緊湊。應帛琉的邀聘，我將在當地的學校建造海洋研究用的設施。

回到最前面的話題，要進入以山巒為首的、大自然之中時，找一個當地的嚮導是務必要的。因為日本的自然景觀變幻無窮，那美麗的景色中，潛藏著深不見底的危險，何時會遭遇到並不能預測。

在我的右側，可以看得見閃耀著銀白色光輝的黑姬山。這樣的視野非常棒，要是能用望遠鏡從這裡看，甚至還可以發現有登山者在山頂附近的草原舉辦聚會。

然而，雄壯巍峨的那座山，截至目前為止也奪走了不少人的性命——其中還包括我摯友的兄長。不管怎麼說，這兩年似乎是波折不斷哪！接下來，我只希望所有人都能夠平安地活著。

樂園

一九九三年十一月，我和林業家松木先生到隔壁的飯繩去。在當地擔任中學教師的吉谷澄郎先生，負責為我們做嚮導。他對於故鄉的自然美景逐漸消失感到心痛不已。而那裡是一個被森林包圍著的濕草原。然後，一九九四年二月時，吉谷先生寄來了一份文件，那是針對環境破壞的實況，仔細調查後所撰寫出來的報告書。其內容和我與松木先生實際勘查的情況非常吻合。我和表示「希望這份東西能有所幫助」的吉谷先生約定，絕不會讓他的努力白費。

日本制定出「休養地法」（綜合保養地域整備法），是在一九八七年的時候。某個地區一旦被指定為休養地，受到「國家公園條例」或「農地條例」保護的山嶺或森林、甚至是農業復興地，都會被人以開發為名，光明正大的建造起高爾夫球場或滑雪場。對於「上位者」而言，這是一條非常好用的法律。席捲日本列島的「休養地法」風潮，所到之處，恐怕都留下了破壞大自然的爪痕。

我到飯繩高原去拜訪的時候，也對那裡美麗無比的森林和池塘發出了深

深的讚嘆。我還想著，這裡一定可以建設成一個很棒的國家公園吧！順帶一提，所謂的「池塘」，事實上只是像個小小湖泊那樣的蓄水池。

上簑谷池是在一六五六年建造的，大池是在一六九三年，最新的則是一九三九年建造的貓又池。已經有超過四百年以上的歷史了，此地的蓄水池往下流的水，長年提供給十個村子裡的家庭和水田使用。這裡一共有五個蓄水池，每一個最後都注入淺川當中。

隨著漫長的歲月流逝，起先由人們的手建造出來的蓄水池，不知不覺間也融入了大自然當中。周圍開著以觀音蓮和紫羅蘭等會生長在濕地中的花朵，以此為首，各色的野生花草競相綻放，宛如鋪上了一張絨地毯似的。

這裡也有著被稱做「逆谷地」的高地濕草原。地質包含厚度十二點五公尺的泥炭層和地下兩公尺中的火山灰層。據研究者說，那是距今約兩萬三千年前噴發出來，幾乎將大部分的鹿兒島灣掩埋殆盡的火山灰沈積而成的。由這一點推算起來，這個濕草原差不多從七萬年前左右就存在了。泥炭層中以花粉為首，一定殘留著可以推知過去的種種線索。如今，把這個濕草原裝飾得多采多姿的野花野草們，也全都是這些泥土孕育出來的東西。

一九五四年，芋井村被併入長野市的時候，村子讓出了大片尚未開拓的土地給長野市。從那個時期開始，由地方政府主導的「破壞行動」——也就是所謂的「開發行動」便開始了。

最先開始的，是所謂「戶隱賞鳥大道」的收費道路的開闢。接著，便販賣起建築簡易旅館及別墅用的森林土地。還有削切山肌的滑雪場建設也開始進行。然後，是高爾夫球場——「長野郊區俱樂部」被建造出來。一九九一年，長野縣被選為下一個冬季奧運會的比賽地點之後，這個飯繩高原也被插上了白色的羽箭，預定作為「平底雪橇」的競技場地。

這種破壞反覆發生好幾次之後，主張保護闊葉樹林生態系的輿論越來越高漲。然而無論如何，據說長野縣境內大部分的森林，幾乎都已經被砍光了。到處都可以看得到奧運賽的觀眾和平底雪橇的跑道。

雖然市民們齊心協力、一同大聲的抗議，不過這回長野縣從今年度一開始，就針對京濱急行電鐵提出的高爾夫球場興建，發出了許可。那是一個在飯繩高原東側，建造面積達一百五十公頃的高爾夫球場的計畫。根據我聽來的情報，建築用地附近的森林，約有百分之六十五將被剷平。

而高爾夫球場所排放的廢水，全部都會流進一百二十公頃的蓄水池和濕草原中。雖然京濱急行電鐵附近的田地，一向號稱不使用農藥，不過在現今的日本，有多少人會相信那種話呢？非但如此，與天然林地相比，高爾夫球場能吸收的雨水量，僅僅只有它的五分之一。在這個地區中，淺川的集水面積只佔了一成，照這樣下去，必然是無法防範水災的啊！而且平底雪橇競技場，以及停車場等等地方的廢水，最後也是統統流進淺川中。

結果，長野縣居然還表示要在高爾夫球場的旁邊建造「自然保護研究所」。這簡直是在欺騙大眾。一邊砍樹、填湖、污染水源，一邊喊著要保護自然，真是自相矛盾。那些建設公司的傢伙們竟然不知不覺，感覺上實在是一點神經都沒有。

前一陣子，雖然有某個市民團體跑去和京濱急行會談，不過那個公司卻堅持高爾夫球場的興建計畫一定要照預定進行。還強詞奪理地說，一九九一年六月份，他們已經把電鋸和推土機帶進去，開工作業了。

一切就如吉谷先生所說，就算是擁有土地的所有權，不管是誰，依然都不能為了自己的利益破壞森林。這一次，在發出興建許可之前，實際上完沒有進行過任何事前的環境調查（其實在日本，所謂的「環境調查」，本來就是一齣徒具形式的鬧劇

而已）。為了這個，我們組織了委員會，實施一些基本的調查，評估飯繩高原的自然大概能夠恢復到什麼程度。一九九一年十月，我們向長野市長提出了一份內容為「這個地區不該再進行開發」的最終報告書。不過看來，縣政府方面，並沒有打開看那份報告書。

知道我和松木先生把嚴重荒蕪的二次林，復育成健康森林的奮鬥過程的飯繩居民，這一回專程來找我們。當我們帶他們進那大約只有十八公頃左右的小小森林中參觀時，大家都毫不掩飾他們的驚訝。AFAN森林正是飯繩高原要在東部建造公園時，最棒的範本。那個公園可以健行、騎馬、玩越野滑雪、認識自然花草等，享受一切能在大自然中進行的活動，而且那並非只有打高爾夫球的有錢人能夠去，是任何人都可以進去的美麗公園。

親眼勘查過現場的我，也支持這個提案。甚至最後還提出了可以讓遊客在其中一個蓄水池划船的全新企劃案。對從野尻湖上遊艇製造出的噪音中逃出來的獨木舟駕駛者而言，這應該會是一個無與倫比的好地方吧！而且因為這裡離市區很近，所以居民一定也會相當樂意造訪的。

話說回來，我曾經歸納出冠上自己名字的「尼可的法則」。簡單地說，就是這麼回事——每當有人在地方政府的許可之下，進行大規模的環境破壞行為時，背後必定牽涉著官員貪瀆的骯髒行為。雖然大家都不會說出來，但是某處必然有黑金在流動著。雖然我總是期盼著，每次當我複述一次這些話時，至少都能讓某一位悠閒度日的傢伙，受到一點刺激。

我必須先聲明，我個人對於長野縣的縣長是相當尊敬的。我第一次和他碰面，已經是十三年前的事了，自那時起，我便常常向他表達自己的意見。縣長是個勤勉、誠實、對將來懷抱著願景的人。而且，我還聽說縣長夫人也是個很有熱忱的環保提倡者。但不管怎麼說，還是不能同意執行破壞森林或者水源這類建設業界的暴行！

這次的高爾夫球場興建計畫，對自然及文化而言，簡直是自殺行為。倘若真的希望得到國際社會的尊重，縣長一定要確確實實地把專家說的話聽進去（所有專家的話，**並非只是我說的**）。還是別拿舉辦冬季奧運來當作破壞環境的藉口吧！

垃圾

一九七八年夏天，我在加拿大北部育空設在山中的露營區裡工作。那個時候，雖然還蠻花時間的，不過我們從頭到尾都是自己處理垃圾的。可燃性的垃圾全部塞進四十五加侖（一百七十五公升）的汽油桶中燒掉。然而燒垃圾的地方是一個光只有乾燥砂礫的高原，燒垃圾的時候一定要有某個人，用兩手提一桶水在旁邊等，看守著火堆。

因為不缺漂流木的關係，要生火並不麻煩，飽含水氣的垃圾大部分都能燒得乾乾淨淨。至於破碎的空罐子、空瓶子等對環境有害的垃圾，則全部都用直升機載走。

而在廁所裡，裝有用來燒掉排泄物的瓦斯燃燒器。雖然說那是個先進的新產品，不過有時候坐在馬桶上，會讓你燙得想要跳起來，算是一種蠻恐怖的東西。不管怎麼說，那是一群為了採集銅礦聚集在一起的粗魯礦工。雖然全是一些心直口快的粗人，也幾乎都是反政府份子，不過大家都毫無怨言地遵守著露營的規則。

因為即使是他們，也明白離開的時候要讓營地維持來時原有的狀態。

在那之前的兩年，身為加拿大政府環保署職員的我，負責針對 Mackenzie Valley 的「輸油管建造計畫」做調查，評估這個計畫對流經老克羅村的波爾基帕因河會帶來多少影響。當地的生活條件更加嚴苛，廁所也沒有瓦斯燃燒器，我們甚至還不得不把自己的排泄物裝進塑膠袋中，用橡皮艇運出去。

至於在我黑姬的家這邊的情形，則是可燃性垃圾用火燒掉、剩飯拿去餵狗和雞。除此之外的有機垃圾丟入混合肥料中堆肥，至於其他的垃圾，則是取得了每月一次，丟到市場垃圾集中處的許可。雖然這並不是什麼萬全的方法，不過以資源回收為開始，我們想要對垃圾做到最充分的利用。雖然我們家的廁所並沒有沖廁設備，不過市場如果需要的話，裡頭的東西必定可以轉換成最高品質的肥料。

在黑姬，雖然有人像我們這樣，自己處理自己製造出來的垃圾，不過這世上卻也存在著會專程用大卡車，把別人的垃圾從旁邊的城市載回來掩埋的人。在日本境內，只要是名為「山城」的地方，大部分都相當為這個問題頭痛。根據厚生省在一九八九年所實施的調查，已經有超過四千個以上的山谷，都快被產業廢棄物等垃圾淹沒了。其中有毒的垃圾、會致癌的物質也不少。倘若依照這個速度下去，可以推算出在一九九三年，大約有超過一萬個山谷遭垃圾掩埋。

如果再加上三千平方公尺以上的垃圾集中場或非法棄置，甚至是泥土或是岩石的、水泥砌的、柏油造的垃圾場等等，其數量更是會急遽增加。

即使是在黑姬這裡，也有某個朋友從本地的承包商口中聽到了這樣的話：「請把垃圾埋在您家後面的那個坑吧！會綻放漂亮花朵的樹木，不是應該種在院子裡嗎？」所謂的「那個坑」，是一個樹木繁茂的小小谷地。

經過朋友仔細調查，發現那個承包商正在做著非法棄置垃圾的生意，據說在那個領域中，是無人不曉的人物。那個奸商，一定是打著好幾噸的垃圾埋進那個「小小的坑」之後，在上頭覆蓋差不多一公尺高的土，以便逃漏稅賺大錢的壞主意。

我買了一座小小的森林，截至目前為止，為了復育它，著實投入了不少的金錢。AFAN森林中，一年四季都會湧出清澈的泉水。經過水質調查的結果，發現那是冰涼而適合飲用的名水，因為如此，我在湧泉的周圍排上了許多小石子，將泉水包圍起來，還養了些青苔和水草，而為了讓到這裡來參觀的人潤潤喉，我放了好幾個杯子在那邊。湧出來的泉水最後會變成小溪，在森林中流淌約兩百公尺遠，既有流經地表的，也有在地底下流動著的。我還沿著這條山路，親手

挖掘了好幾個小池子。剛開始時，其實是希望提供一些些地盤給螢火蟲、蜻蜓和溪蟹。而對小鳥們而言，池子也是一個很好的休憩場所。

話說回來，這裡的水會溢出來，跨越我家的腹地，流到隔壁的土地上去。而隔壁的人卻砍掉了自家土地上的樹木，然後用石頭、回收的柏油和泥土等等東西，填出了一小塊空地。經過這樣的地方之後，即使原先是再怎麼棒的名水，也讓人一點都不想喝了吧！

現在我的手邊有一份報告書，根據這份文件可以得知美國人在飲用水之中，檢驗出了三十多種的致癌物質。相反的，在日本卻只檢驗出四種而已。這實在是太過不知不覺了。雖然我本身受到好水的恩澤，過著與這種威脅無緣的生活，不過我的小女兒現在為了求學，正在東京過日子呢！

這幾年間，我身邊連續有七個之多的朋友，都死於癌症。那當中的四個人，年齡和我差不多。像這種事，究竟該怎麼看待呢？

我還想要老實說一件事。我喝威士忌經常加冰塊，然而只要沒有經過淨水器過濾的自來水，我是不會拿來製造冰塊的。

國家為了伐採這裡的樹木，不惜投下高額的稅收，開闢木材輸送道路、建築水泥橋。那是因為知道販賣以山毛櫸木為首的、砍伐下來的木材，可以賣到很高的價格（姑且不論它真正的價值）。而為此所必須付出的費用，其實更遠遠超出那個賣價。

每當打開水龍頭的時候，我總會想，這水源來自哪裡呢？然後思緒一直往遙遠的深山或森林中奔馳。

今後，作為專門學校野外訓練的一環的我，打算將立志成為休閒管理員的年輕人們，帶到這一帶的山區來。因為我想，四季的推移、人類造成的環境破壞，所有的景色全都包含在這裡了，我想讓他們目睹山脈一點一滴逐漸改變的模樣。不僅僅是這裡，現在在日本，到底發生了什麼事呢？讓會換上健行靴、開車出去，親自去確認的人增加，就算是多一個也好，這是我滿心寄望的。

天然的最好

在黑姬為這個專欄寫稿子，這是最後一次了。不久，我就要出發到酷寒之地、加拿大北極地方的巴芬島旅行了。不僅僅是在北極，只要是在氣候相當不穩定的地方，人們沒有衣服是沒辦法活下去的，所以這次旅行必備的行頭，便是海豹皮製作的帶風帽的厚夾克，以及靴子——那也是巴芬島自古以來就流傳下來的禦寒用品。

那些說著「要穿獸皮的話，倒不如光著身體還好些」的人們，如果可以的話，最好一起來。站在零下四十度、從冰冠往潘尼爾東的平原上吹下來的暴風當中，他們就會知道那是怎麼回事。

就暖和度而言，最上等的是馴鹿的毛皮，不過上面的毛容易脫落，則是它的缺點。海豹皮則沒有這層顧慮。而且，處在像日本這種飽含濕氣的降雪中，海豹皮無疑是最合適的材質。在當地被叫做「Kamik」的這種海豹皮靴，內側紮紮實實地鋪了兩層內裡，如果再搭配赫德森美公司製造的羊毛短襪一起穿的話，無論製作技術再怎麼精湛的現代皮靴，也比不過。親身體驗過好幾次北極冬天的我，就可以為它做見證。而且，北極的海豹並非只能取毛皮下來用而已，牠也是一種貴重的食材。

從前，在冬天最寒冷的時節，我曾經在北極海上航行，在那裡歷經了長達三個星期的旅行。而且我也很愚笨，竟然被他人的言辭矇騙，不依照傳統，只穿了雪衣。多麼輕巧、溫暖呀！一開始我很高興地這麼想著。到頭來，雪衣卻徹底被濕氣浸透了。後來氣溫甚至下降到零下五十度，雪衣內裡還結出了好幾顆冰塊。

雖然夜晚一到，我們就會搭起帳棚在野外露營，不過因為每天晚上，我都不得不忙著用攜帶型的暖爐烘雪衣，讓上面的冰或雪溶解，搞得一點食慾都沒有。結果，一直到旅行結束的時候，我才終於深刻體認到這件雪衣勉強只算得上是風衣，簡直一點都稱不上是禦寒用品。把這東西脫下來裝進行李箱的時候，我才發現背部凍傷了！雖然說真是萬幸，還好底下穿了暖和的羊毛內衣、呢布襯衫上頭也套著厚厚的蘇格蘭羊毛衣，不過的確只差一點點，就會沒命。

我並不認為我這輩子不會再穿雪衣了。夜晚，在溫暖、沒有濕氣的小屋中，如果能持續保持雪衣的乾燥，一切就另當別論了。並非所有的合成纖維或是走在時代尖端的技術都是不好的。現在，我打算訂製我個人認為最棒的材質做的服裝，讓進入新創立的「東洋工學專門學校」就讀的新生們穿。只不過我切身體會過，運用天然素材、歷經多年傳統孕育出來的衣服，往往比較優越。

在蘇格蘭拍攝獵鹿情景的時候，稱做「地陪」的當地導遊們，身上都穿著當地出產的斜紋軟呢上衣。要不讓鹿注意到，而在山野中行走，身穿這個就無需再做任何掩飾了。而因為想要靠近公鹿，而走近草叢或石南花叢的時候，地陪們的衣服，也不會因為和葉子摩擦，而發出沙沙的聲音。這也是個好處。再者，還有著即使弄濕了，依然非常暖和的特點。

我有一個可以稱得上是知交的男性朋友，他是加拿大騎警隊的成員之一。從他還在受騎馬訓練的時候，我們就認識了，他說長時間跨坐在馬鞍上，要避免胯下破皮，最棒的長褲要是絹質做的那種。他如此斷言。（**不過很不湊巧的，因為當時並沒有在賣給男性穿的絹絲長褲，所以他特別買了女用的褲子穿在身上。**）

我個人自從知道紡出絹絲來的大白蛾學名叫做「蠶蛾」（Bombyx mori）之後，就對它非常愛不釋手。性感的婦人身穿絹質衣服，體態顯得格外撫媚。根據中國的傳說，絹絲這種纖維被發現，事實上是在西元前二七〇〇年時的事。雖然不清楚最早傳過來日本是什麼時候，不過因為西元二三九年時，耶馬台國女王卑彌呼被中國的朝廷北魏授與「親魏倭王」的稱號，所以卑彌呼的時代，人們可能就已經使用絹絲紡衣裳了。

我在衣索比亞塞米恩國家公園擔任園長的時候，發現所有的當地人幾乎都穿著木棉質的衣服：女性們圍著添加了漂亮邊飾、長度頗長的木棉裙子；男人們為了保暖，則用木棉布把自己裹得緊緊的。而將木棉運到這個高原山村來的，是讓馬之類的動物，背上馱著貨物成群行走的、從古時候就存在著的商隊。其中大部分都是從蘇丹來的。高原地帶的地方民族服飾，擁有著特異的美感，既很輕巧，到了夜晚又可以防止冷風灌進去，是很保暖的。

而到底古代的日本人，都穿著什麼樣的衣服呢？我抱著濃厚的興致，跑去九州名氣很高的溫泉鄉湯布院中，詢問當地一個博物館的館長。在那個地方，殘留著好幾個能證明日本也有古文明存在的證據。根據館長的說法，古時日本人大都使用刺草、亞麻、葛藤、某種桑樹、藤蔓、椴樹的樹皮等等，好幾個種類的植物纖維製作衣服。當時的日本把這些纖維叫做「湯」，而據說這也正是「湯布院」這個地名的由來。雖然那個博物館小小的而已，不過卻展示著好幾種用植物纖維做的衣服，給予了參觀者重回舊時代氛圍的良好素材。那些衣服看起來好像很牢固，相當地耐穿，而且非常保暖。館長還告訴我，木棉傳進日本，是平安時代時的事。

兩、三年前，我到扎伊爾的伊多利森林時，為我做嚮導的俾格米青年非常活潑，而且是個穿著打扮相當時髦的人。他的耳後總是插著一朵花。然而腰間圍著的，卻是一條老式的樸素兜檔布。

某一天，就在我們休息的時間裡，他走到一棵樹旁邊，用他非常寶貝的箭頭，切了一條長方形的樹皮下來，然後把它鋪在圓木頭上，拿表面非常光滑的棒子敲敲打打，不一會兒，一條新的兜檔布就完成了！那樣做是因為穿別人做的兜檔布沒什麼意思。雖然我並不太知道穿上那條兜檔布到底有什麼感覺，不過看到他圍上去的時候，感覺到那似乎比我穿著的長褲擁有更棒的觸感。

就像那樣，從兜檔布到風帽夾克，當地特有的服飾除了具時尚感之外，全都擁有著機能性，可以說是一等一的設計。不過我既不想穿著海豹皮做的風帽夾克或皮靴走在銀座，也不推薦人們在北極的寒冬中穿俾格米人的兜檔布。

因紐特人自古以來，就一直以努力調和自身與周遭的大自然為信念生活著。在他們的日常生活中，合成纖維是沒有用處的。在寒冬中、大冰原上，度過了好幾天、好幾個星期，身體如同銅牆鐵壁般健壯的獵人們，為何選擇穿老式的皮靴、手套和衣服呢？我想這就是最大的理由。正因為如此，我才推薦那些天然的材質。

小鳥

這一年來，我三不五十就針對日本的環境問題苦口婆心地進言。那正是因為深愛著日本才這麼做的。因為不知不覺中，想要留在這個美麗的國度中生活。的確，不管是日本這個地方還是日本人們，都有不太好的地方。不過我還是認為，其優點遠遠超過缺點。其中之一，大概就是言論及出版的自由吧！雖然我由衷期盼，我所發表的言論不要被胡亂地引用。

這次我打算將一位我深深敬佩的女性的故事，介紹給大家。她的名字叫做梅麗兒・尤迪，她是一個一生有超過五十年以上的歲月，都與森林共同生活、心地柔軟的女性。她栽種樹苗，建造出細緻精美、如夢一般的美麗庭園。溫哥華一處面積約有一公頃左右的森林，便是她努力的結晶。她種植一切樹

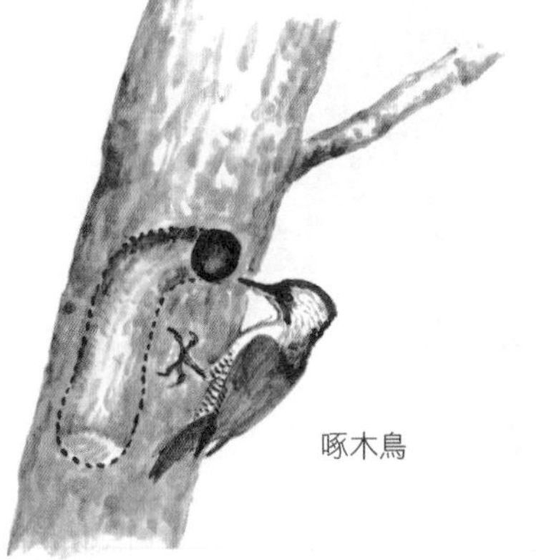

啄木鳥

木及羊齒類植物，截至目前為止，那些都已經長成朝天聳立的大樹了。這裡也是所有鳥類們的樂園。野鴨們也過來梅麗兒挖的池塘中築巢。那裡隨處可見啄木鳥和鴿子、貓頭鷹，以及最醒目的栗腹文鳥（**非洲及澳洲產的雀鳥科鳥類總稱**）的身影。

　梅麗兒的丈夫在她還年輕時，向她買了一對南非產的栗腹文鳥。那是色彩相當鮮豔、會讓人眼睛一亮的鳥兒。她非常喜歡栗腹文鳥，據說不知不覺間，已經讓數量繁殖到一百五十對之多了。而為了飼養可愛的小鳥們，她也不得不開始建造飼育場。

不過，梅麗兒心中的陰影卻也逐漸在擴大。如果把鳥兒留在自己身邊，會剝

蠟嘴鳥（燕雀科），長23公分，肥厚的鳥喙，可將堅硬的樹果咬碎食用。

奪掉牠們的自由，這令她感到心痛。雖然也曾考慮過要釋放牠們，不過被人飼養過的鳥兒，一旦回到大自然中，是無法活下去的。目前，幾乎所有的國家都對把鳥類放生到國外這件事，訂定了嚴格的法律。不過，梅麗兒的猶豫早在這種法案被議決之前就出現了。究竟該怎麼做，才讓小鳥們得到自由呢？梅麗兒總是絞盡腦汁地思考著這個問題。

後來她決定在自家的森林中，以及飼育場的屋脊上撒一些顆粒狀的飼料，然後把飼育場的門打開。她想，如此一來，栗腹文鳥應該就既能得到食物，又能得到自由了！她希望最終可以看見一對對文鳥夫婦共築愛巢，並且除了吃梅麗兒撒下的飼料之外，也能靠自己的力量出去覓食。

為了提供鳥兒們安心築巢的場所，她撿拾森林中的枯木，以及砍下來的樹枝，把它們集中在一起，堆得高高的，並且在旁邊撒上腐葉土之類的東西。為了讓她的「祕密之森」變得豐饒，她不惜一切地努力著。從那時起，經過了好幾十年的漫長歲月，一直到現在，她的院子裡聚集了許許多多的栗腹文鳥，娛樂著鄰人，以及來訪的客人。

梅麗兒也是一位擁有獨特才能的藝術家。前陣子我在前往北極的途中，

也曾經到她在溫哥華的家中拜訪過，她向我展示了好幾幅她自己親手描繪的以四季森林變化為題材的畫作。她說，已經八十五歲且接受過開心手術的她，眼前最大的希望，無非是將這個世界上存在著的一些美麗事物保留下來。

然而，那樣的她卻遭逢了意想不到的悲劇。那簡直可以說是一場打著正義旗幟的詐欺行動。某一天，當梅麗兒將車子開進私家道路的時候，一輛轟轟響的摩托車突然從山丘上撞了過來。騎著這輛摩托車的十九歲青年，在這起車禍發生的七個月前，才剛剛因為超速和無照駕駛被處罰，是個每六個月都要被傳喚一次的聲名狼藉者。他如果不超速的話，應該就不會發生意外了，然而不湊巧地，正要轉彎的梅麗兒沒有看見他。就如同剛才所講的，摩托車就像從天而降一般，從山丘上飛了下來。

那個青年因為意外而變成了殘障人士。確實，這也是一大悲劇。雖然他拿到了一萬多塊美元的保險金，不過還是請了一個覬覦梅麗兒美麗森林的律師，計畫從這位老婦人口袋裡削一大筆錢。

這個案子進入司法程序之後，法院將梅麗兒所有的資產都拍賣掉了！這件車禍的賠償金額之高，是加拿大前所未有的首例。於是，梅麗兒破產了，失去了一切。

那些傢伙似乎是想要把她的土地劃分成好幾個區塊賣掉。大筆的佣金掉進律師

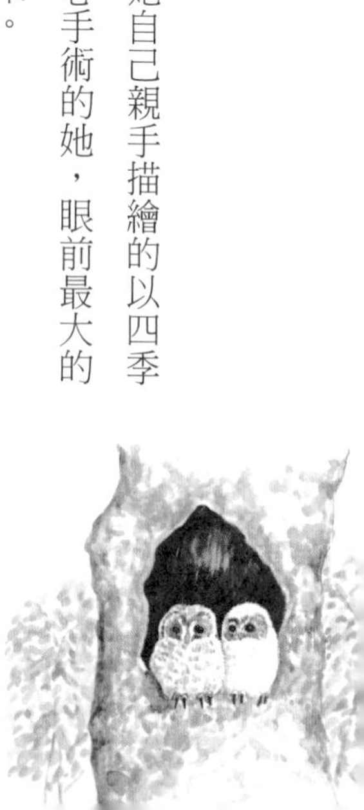

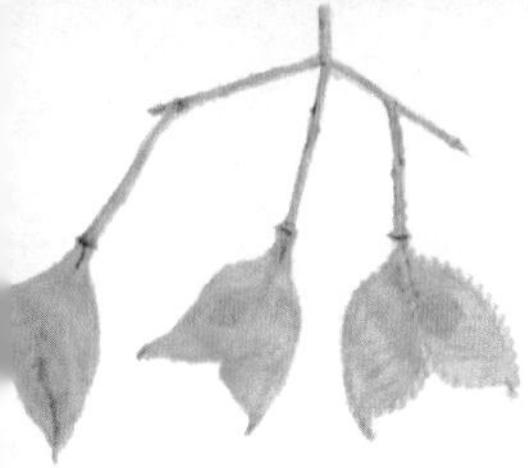

的口袋裡，這是絕對不用說的。判決之後，竟還有人目擊到那個坐著輪椅的青年，在某個酒吧裡喝得爛醉，跟人打架鬧事。現在，他一個才十九歲的年輕人，在加拿大已經是數一數二的大富豪了，而梅麗兒卻被推入了失意的深淵。

藉由朋友們的呼籲，目前擁有相當大的影響力的知識份子們，紛紛大聲疾呼這是「司法之恥」，並且表示梅麗兒被這種不當的判決犧牲了！

對於梅麗兒遭遇的不幸，我感到非常心痛。心痛的原因之一，是因為梅麗兒的人品。再沒有像她那樣高潔、心地柔美的女性了！而且，其中還包含著，沒辦法對這件事置之不理的痛苦。

針對我在電視廣告中演出這件事，也有人批判。然而，如果沒有那些演出酬勞，我無法買這座十八公頃的森林吧？而且無論如何，也沒辦法雇用專業的林業家來管理。

因為一九九八年的冬季奧運開賽地點決定在長野，所以我的土地價值激增。並且看得到此地正頂著「開發」的名號，進入工程建設的高峰。然而我必須說句公道話，對我而言，土地的處置或販售，都是不能隨隨便便的。我想，無論如何 AFAN 森林，都應該以最恰當的方式託付給別人。

然而要是我又老又病，不得不一個人獨居的時候，該怎麼辦呢？要是那裡發生意外的話，又該怎麼辦呢？這個 AFAN 森林，會不會也和梅麗兒的「祕密之森」遭逢同樣的命運呢？我並不希望如此，為了這裡，我就算付出一切努力也在所不惜。

不論是梅麗兒還是我，都不認為土地是屬於自己的東西。土地是從大自然那邊借來的重要物品——有不少原住民的人是這麼看待土地。不過，一聽到土地，馬上開始估價起來的人，以及即便傷害野生動物的生命或美麗的自然景觀也絲毫不介意的人非常多，這也是事實。對於這種令人憎恨的傢伙，不論他們是誰，或者身處何地，我絕對都會和他們戰鬥到底的。

如果可以的話，我希望安穩的過日子。我只期盼在那種平靜的時光中，能夠維持 AFAN 森林美麗的自然，即使是多花一點點時間也好。每當想及梅麗兒的人生，總會憐憫起她那慈悲的心靈。

我相信在日本是不會有這麼嚴苛的判決的。我打算若是成功取得現在正在申請中的日本公民權，我便會大方灑脫、非常開心地放棄加拿大的公民權。這個 AFAN 森林，永遠等待著梅麗兒的到來。而如果有辦法的話，不論是那位法官或是律師，

我都會永遠反抗到底。即便是被那些傢伙稱做「黑姬的老頑固」也是一樣。

我想「地獄」一定是存在著的吧？如果能夠的話，這個世界所有的壞人都應該到那裡去，不是嗎？那種缺德的法官和壞心的律師，就應該第一個過去。那麼，他們會在地獄碰面吧？

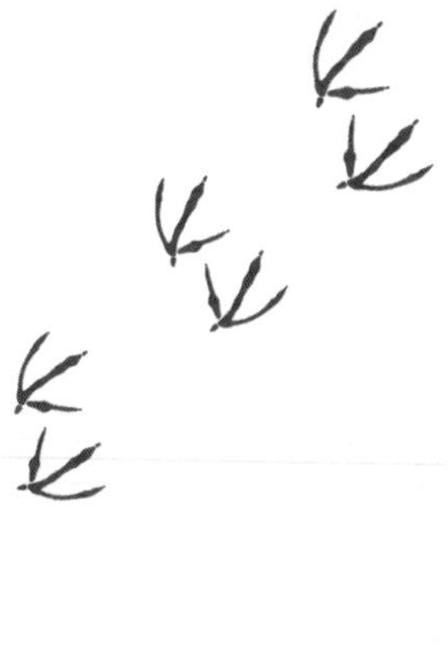

【尼可的話】

這本書是由我在《每日新聞》的專欄一年來（一九九三年四月至一九九四年三月）所連載的文章集結而成的。連載期間，曾有不少讀者來函指教，其中雖然大部分都是溫和的鼓勵，卻也不乏些許抗議的聲音。尤其當我大膽將西歐人士的禁忌「捕鯨」及「獵海豹」提出來討論時，收到的批評最為強烈。

讀者寫信來抱怨雖常有的事，但也一如往常，寫信來的總包括一些非常幼稚、討厭的人。請容我使用粗俗的形容，那些傢伙不只是「混蛋」，甚至說是「胡扯的渾帳傢伙」也不為過……不，對不起，這種話還是不說為妙。因為無論是外國人或日本人，對讀者的寬容度，都恰如《每日新聞》對社會的貢獻度那麼大，總是遠遠超乎我想像。

執筆寫專欄必須要具備相當大的能量，文章失去新鮮感就沒意思了，我想我若就此打住、退下陣來，不管對讀者、對《每日新聞》或是對我自己而言，都是件好

事。」這樣想，我就將連載的責任託付給我的朋友、一個很棒的自然主義者詹米．安吉拉（Germi Angel）了！

Germi，雖然說寫作是一件苦差事，但期待你的專欄唷！

另外，衷心期盼無法再看到我連載的各位，能好好享受閱讀這本書的樂趣，那對我來說，是莫大的幸福。

一九九四年八月　寫於黑姬

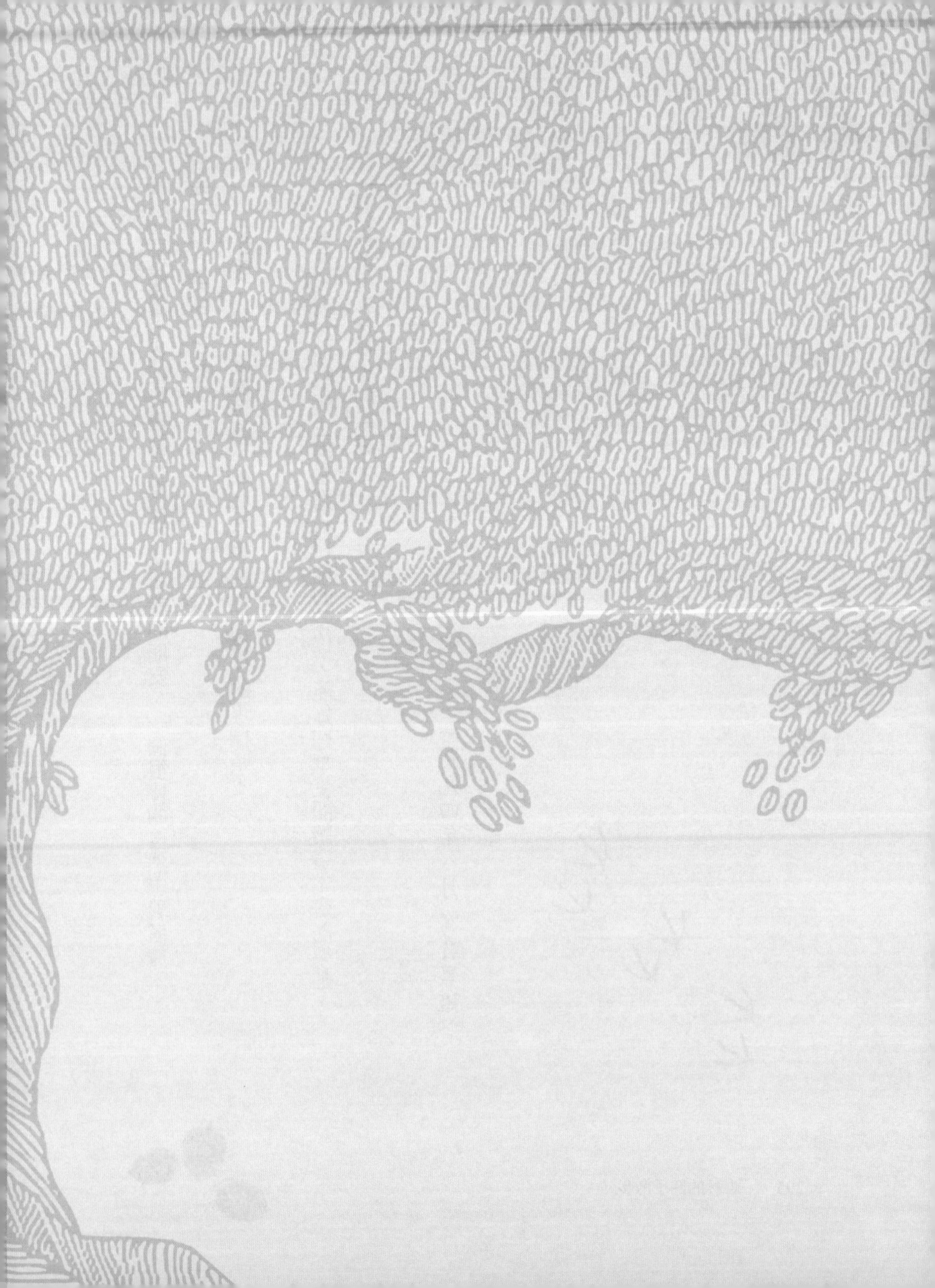

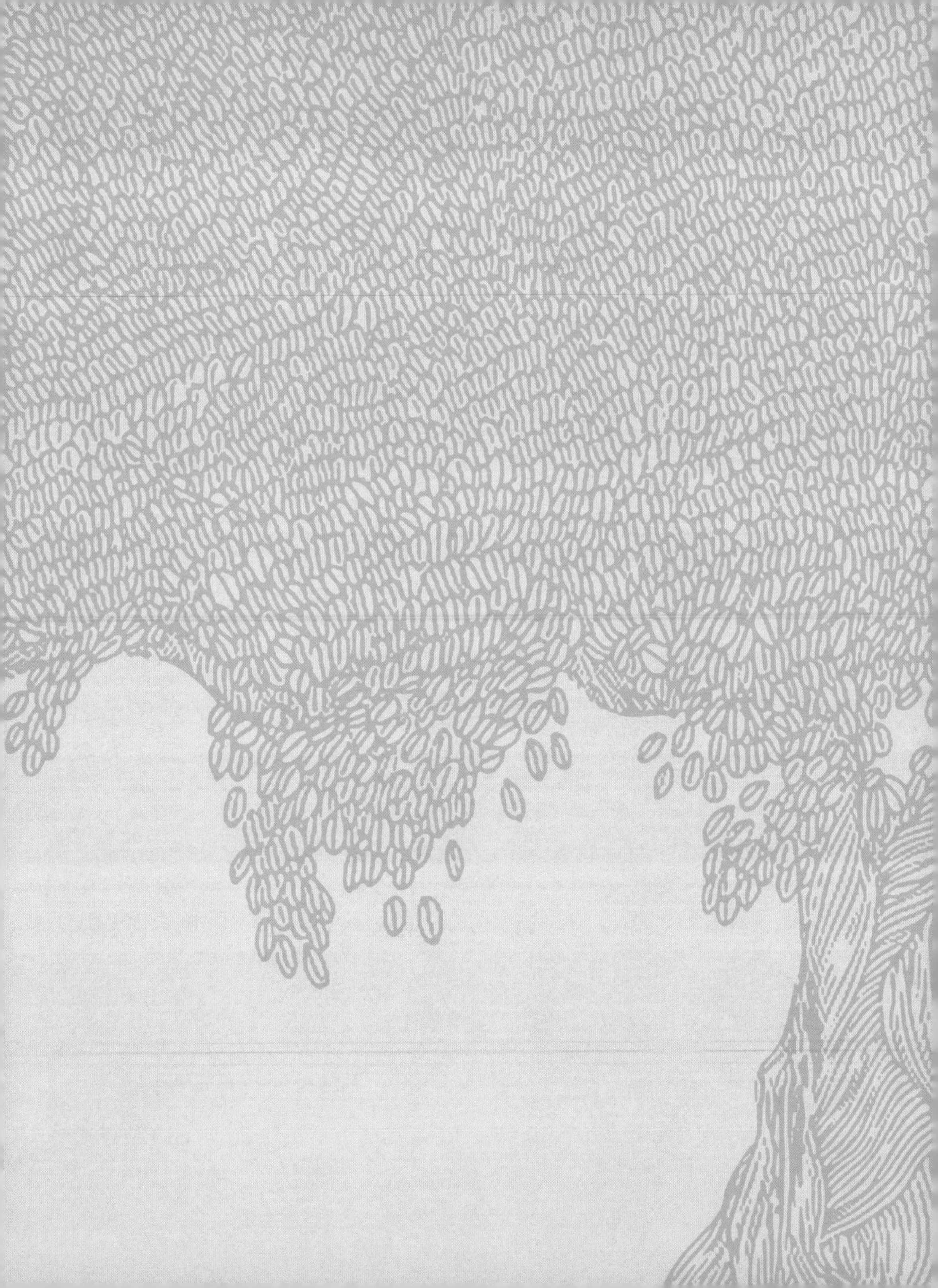